W0462450

10|18

12, avenue d'Italie — Paris XIIIe

Sur l'auteur

Herbjørg Wassmo, née en Norvège en 1942, vit à Hihnöy, une petite île située au nord du cercle polaire. Très populaire dans les pays scandinaves, cette ancienne institutrice férue de poésie se consacre à la littérature depuis vingt ans. Auteur d'une œuvre considérable, elle s'est rendue célèbre par ses héroïnes, personnages féminins passionnés et ensorcelants. Après la trilogie *Tora* (*La Véranda aveugle, La Chambre silencieuse, Ciel cruel*), elle connaît un grand succès avec la trilogie *Le Livre de Dina* (*Les Limons vides, Les Vivants aussi, Mon bien-aimé est à moi*), et *Le Fils de la Providence*. Herbjørg Wassmo achève l'épopée de la flamboyante Dina avec le personnage charnière de Karna dans la trilogie *L'Héritage de Karna* (*Mon péché n'appartient qu'à moi, Le Pire des silences, Les Femmes si belles*).

LES VIVANTS AUSSI

(*Le Livre de Dina,* t. 2)

PAR

HERBJØRG WASSMO

Traduit du norvégien
par Luce HINSCH

10|18

« Domaine étranger »
dirigé par Jean-Claude Zylberstein

GAÏA ÉDITIONS

Du même auteur
aux Éditions 10/18

« Le Livre de Dina »
LES LIMONS VIDES, tome 1, n° 3231
LES VIVANTS AUSSI, tome 2, n° 3267
MON BIEN-AIMÉ EST À MOI, tome 3, n° 3297, *à paraître en mai 2001*

Titre original :
Dinas Bok

© Gyldendal Norsk Forlag A/S, 1989.
© Éditions Gaïa, 1994, pour la traduction française.
ISBN 2-264-03047-X

DEUXIÈME LIVRE

1

> Le cœur connaît ses propres chagrins, et un étranger ne saurait partager sa joie.
> (Proverbes de Salomon, 14, 10)

On ne fêta pas Noël à Reinsnes l'année de l'enterrement de Jacob.

Personne n'était tenté de rendre visite aux veuves de Reinsnes. Le verglas était une bonne excuse pour ceux qui préféraient se tenir à distance.

Oline prétendait que l'humidité sortant des murs s'était installée dans ses hanches et ne lui laissait aucun répit.

Le gel dura jusqu'à la mi-janvier. Toute la ferme était frappée d'une inactivité passive.

Tomas se trouvait des occupations sous les fenêtres de la salle. Il levait vers elle un œil bleu et un œil brun. Sans savoir qu'il priait.

Quand par hasard on l'envoyait en haut porter du bois, ses mains tremblaient tellement qu'il en perdait des bûches dans l'escalier.

Dina était toujours assise, le dos tourné, quand il déposait les bûches dans le panier derrière le paravent avec Léda et le cygne.

Il adressait ses prières à son dos, disait « La paix soit avec vous » et s'en allait.

Personne ne savait quand Dina dormait. Nuit et jour, elle déambulait sur le plancher, chaussée de souliers de voyage aux talons ferrés.

La Bible de Hjertrud était faite de minces pages qui tremblaient dans les courants d'air.

Mère Karen ressemblait à un joli petit oiseau migrateur qui, pour une raison ou pour une autre, aurait hiverné. Le chagrin la rendait transparente et semblable à du verre fragile. La nuit polaire marquait de ses ombres sa douceur naturelle.

Jacob lui manquait. Ainsi, sa tête frisée et ses yeux rieurs. Il lui manquait, tel qu'il était avant que tout soit mis sens dessus dessous à Reinsnes.

La vieillesse lui rendait facile le passage entre vivants et morts. Les domestiques pensaient qu'elle commençait à radoter. Elle se parlait à elle-même en claudiquant.

En réalité ce n'était que l'expression d'une immense solitude. Et du regret sans espoir de ce qui avait été.

Les gens et les animaux, l'étable, les communs et la boutique portaient la marque de cette solitude.

Toute la propriété retenait sa respiration et attendait que quelqu'un prenne la place de Jacob.

Reinsnes était comme un grand bateau à la dérive sans équipage et sans capitaine.

Le fait que Dina ne quitte pas la salle et y déambule en chaussures de voyage toutes les nuits n'arrangeait pas les choses.

Qu'elle ait cessé de parler était effrayant.

Anders s'évada de la maison en deuil pour se préparer à la pêche aux Lofoten.

Mère Karen écrivit à Johan que, bien qu'orphelin, il avait toujours un foyer. Elle prit une semaine pour trouver les mots qui convenaient. Et elle lui épargna les détails.

On avait tout fait pour sauver son père, écrivait-elle. Malgré cela, Dieu l'avait rappelé à lui. Peut-être, dans Son immense miséricorde, avait-Il vu que ce serait trop dur pour Jacob de rester infirme avec un seul pied... Peut-être Dieu, dans Sa sagesse, comprenait-Il qu'il n'était pas fait pour une telle vie.

Après avoir envoyé la lettre annonçant le deuil, la vieille dame grimpa péniblement et alla frapper chez Dina.

Celle-ci était debout au milieu de la pièce quand Mère Karen entra.

Au moment même où elle prenait le chemin de la fenêtre pour lui tourner le dos, la douce voix de Mère Karen se fit entendre.

— Tu vas et tu viens ici dans la salle ! Mais cela ne sert pas à grand-chose.

Peut-être était-ce à cause des narines blanches et tremblantes de Mère Karen. Ou de ses mains fébriles qui s'agrippaient à une frange de son châle.

Dina sortit de sa coquille et montra un intérêt étonné.

— La vie doit continuer, chère Dina. Il faut que tu descendes et prennes les gens en main. Et...

Dina fit un geste de la main et invita Mère Karen à s'asseoir près de la table au milieu de la pièce. Recouverte d'une nappe en peluche dorée à pompons qui remuait faiblement dans le courant d'air venant de la porte ouverte.

La vieille dame installa lourdement son petit corps menu sur la chaise au dossier ovale.

La table et les quatre chaises étaient venues de Bergen, la première année qu'elle avait passée à Reinsnes. Elle avait elle-même veillé à ce que ces meubles précieux soient transportés du bateau avec précaution.

Et tout à coup, la vieille dame redevint elle-même.

Comme si ce n'était pas la solitude et les soucis qu'elle ne pouvait plus soutenir seule qui l'avaient poussée à monter.

Elle fixait attentivement les pieds contournés de la table. Comme si elle y voyait quelque chose d'extraordinaire. Et, sans préambule, elle commença à raconter lentement l'histoire de ce mobilier.

Dina traversa la pièce pour aller fermer la porte. Puis elle alla chercher son ardoise et son crayon et s'installa près de la vieille dame. Tout d'abord arborant son sourire comme un bouclier. Puis, redevenue elle-même, simplement écoutant. Comme si, toute sa vie, elle avait justement attendu cette histoire.

Mère Karen racontait l'histoire des meubles clairs recouverts de tissus précieux. Jacob trouvait qu'ils ressemblaient à des corps de femmes, au corsage sculpté et aux belles hanches.

Elle laissait ses doigts glisser sur le petit trou finement ciselé en forme de cœur tout en haut du dossier. Elle passait sa vieille main transparente sur la peluche de la nappe et s'arrêta tristement sur une marque de brûlure de cigare.

— Cela date des tristes jours du veuvage de Jacob, dit-elle dans un soupir.

Sans transition, elle se mit à raconter sa vie fabuleuse avec le père de Jacob. Les années passées à Paris et à Brême. Les innombrables voyages en mer avec ce mari bien-aimé.

Jusqu'au jour où elle l'avait attendu à Trondheim, de retour de Copenhague. En vain.

Ils avaient fait naufrage quelque part sur cette côte ouest de malheur. Jacob avait douze ans et était orphelin de père. Il prétendait qu'il allait partir en mer dès qu'il en aurait l'âge.

Mais surtout Mère Karen décrivait des tables brillantes à force d'être cirées dans de grandes salles de réception. Des miroirs rococo et des bibliothèques fantastiques. Des coffres à tiroirs secrets. Tout ceci, sans queue ni tête, et d'une voix monotone.

Elle revenait toujours aux meubles qu'elle avait fait venir à Reinsnes.

La table ovale et les chaises avaient été recouvertes de nouvelle peluche pour le mariage de Dina et de Jacob.

Jacob avait décidé de les faire transporter du salon dans la salle. Pour que Dina puisse, assise au milieu de la pièce, voir jusqu'au détroit, par beau temps. Elle devait pouvoir, d'un seul coup d'œil, embrasser toute la côte magnifique qui longeait Reinsnes !

Dina écoutait, impassible. La pendule du grand salon sonna soudain trois coups. Cela réveilla la vieille dame. Elle fixa son doux regard sur Dina et sembla oublier qu'elle était en train de raconter des histoires. Elle retomba brutalement dans sa solitude et ses soucis pour l'avenir.

— Il faut que tu t'occupes à quelque chose d'utile. Pas uniquement te laisser aller à ton chagrin nuit et jour. Toute la ferme est à l'abandon. Les gens ne savent pas quoi faire. Les jours passent.

Dina leva la tête vers les poutres. Quelqu'un semblait avoir dessiné un sourire sur ses lèvres, sans grande conviction cependant.

« Et tout cela, il faut que je m'en occupe ? » écrivit-elle sur l'ardoise.

Mère Karen leva les yeux, avec embarras et désespoir.

— Mais c'est à toi, tout cela !

« Où est-ce que c'est écrit ? » demanda Dina.

Ses doigts blanchissaient en serrant le crayon.

Un après-midi, Dina enfila sa culotte de cheval. Puis elle descendit en glissant sur la rampe, comme une gamine. Elle atteignit l'écurie sans être vue.

Lucifer écoutait le bruit de ses pas, la tête baissée. Quand elle arriva dans le box, il rejeta sa crinière, frappa le sol de ses pattes avant, lui mordilla l'épaule et lui montra les dents avec bonhomie.

Le cheval et la femme. Ils ne firent bientôt qu'un.

Personne ne les remarqua avant qu'ils ne dévalent le chemin vers la mer et qu'ils ne disparaissent derrière les hangars et les collines.

Ceux qui les avaient vus s'exclamaient. Demandaient au voisin s'ils avaient bien vu ? Si c'était bien Dina qui était à nouveau dehors ? Si c'était bien Dina qui montait Lucifer ?

Tout d'abord, ces questions laissèrent poindre un espoir. Puis l'inquiétude s'installa. Il était inhabituel que Dina se trouve ailleurs que dans la salle.

On envoya Tomas à sa recherche. Il sella son cheval plus vite que jamais. Elle n'avait heureusement pas choisi la route de la montagne. Elle se promenait seulement le long des plages noires. Il la rattrapa, mais se fit invisible. Ne commit pas la faute de crier quand elle mit son cheval au galop. Il se tint à bonne distance.

Ils continuèrent ainsi une sorte de jeu de cache-cache.

Mais tout à coup, elle en eut assez. Le cheval écumait. Devant l'écurie, elle s'arrêta si brutalement que des morceaux de glace arrachés par les sabots atteignirent Tomas à la jambe, lui tirant un cri.

Il rentra les deux chevaux sans un mot. Les bouchonna et leur donna de l'eau et du foin.

Dina resta un moment à regarder Tomas travailler. Cela rendait ses mouvements gauches et incertains.

Ses yeux suivaient les hanches étroites. Les mains solides. Les cheveux roux mal coupés. La grande bouche.

Elle rencontra alors son regard. Un œil brun et un œil bleu. Tout à fait sûre d'elle, elle se planta devant lui. Rassembla ses cheveux à deux mains au-dessus de sa tête. Et les laissa retomber en flots sur ses épaules. Tourna les talons et sortit vite de l'écurie.

L'aubergiste et armateur Jacob Grønelv avait laissé une sorte de testament. Mais il n'avait pas pensé qu'on en aurait besoin de sitôt, aussi ne portait-il ni tampon légal ni signature de témoins. Et aucune copie n'avait été déposée dans un bureau officiel.

Mais il avait parlé de ce document au commissaire. Car Jacob était non seulement son gendre, mais aussi son compagnon de chasse et son ami.

L'idée qu'il se trouvait quelque part un testament, si peu valable qu'il fût, inquiétait le commissaire. Parce que Jacob avait un fils adulte et deux fils adoptifs.

Bien qu'étant avant tout le père de Dina, il représentait la légalité. Il était de son devoir de veiller à ce que tout se passe correctement.

Quand la tempête se calma, le commissaire vint à Reinsnes. Pour parler à Dina en tête à tête. De ces dernières volontés de Jacob qui devaient se trouver quelque part. Probablement dans le grand bureau derrière la boutique.

Dina écoutait, le visage vide, mais ignorait tout des dernières volontés de Jacob, et n'avait vu aucun papier. Jacob et elle n'avaient jamais parlé de ces choses, marqua-t-elle sur l'ardoise.

Le commissaire hochait la tête et pensait qu'il fallait agir vite. Se mettre d'accord. Avant de prendre d'autres décisions. Autrement, on ne risquait que des disputes. Il avait assez d'expérience là-dessus dans son métier.

Une fois le commissaire parti, Dina descendit au bureau.

Niels fut pris au dépourvu par une telle visite. Il restait assis derrière la solide table en chêne. Les commissures de ses lèvres marquaient à la fois l'étonnement et l'antipathie. Son visage, avec une barbe de plusieurs jours et une moustache brune, était un livre ouvert.

Dina resta debout devant la table à le contempler un bon moment. Ne faisant pas mine de lui venir en aide, elle écrivit sur son ardoise noire. Demandant la clé du grand coffre-fort.

Il se leva à contrecœur et se dirigea vers le placard où l'on rangeait les clés, qui se trouvait placé entre les deux fenêtres.

Quand il se retourna, il vit qu'elle s'était installée dans le vieux fauteuil tournant. Il comprit tout de suite qu'il était de trop.

Et alors qu'il la fixait encore après avoir déposé les clés sur la table, elle lui fit aimablement un signe de tête en lui montrant la porte.

A contrecœur, il sortit. Avançant au milieu des tiroirs de la boutique, il passa devant le commis. Comme s'il n'existait pas.

Puis il se trouva mille occupations dans la ferme. Un vrai fléau. Faisant entendre que maintenant on était hanté par les femmes vivantes ! Et qu'elles pensaient s'y connaître en affaires et en livres de comptes ! Mais elle pouvait bien s'installer là et faire l'importante, la dame ! Ce n'était pas lui qui allait la déranger ! Et on verrait bien le résultat. Elle aurait pu lui demander les livres, le prévenir qu'elle désirait étudier les papiers et les contrats. Il lui aurait tout trouvé et présenté en ordre. Bien entendu !

Niels était aussi brun et fermé que son frère Anders était blond et ouvert. Si Anders n'avait pas été aux Lofoten, il y aurait probablement mis son mot et donné quelques bons conseils. Anders avait toujours quelques solutions dans son sac.

Dina fit des recherches systématiques, avec obstination. Dans le vieux placard qui contenait les livres de comptes, dans le coffre-fort, dans les tiroirs, sur les étagères. Pendant des heures.

La boutique se vida petit à petit et le calme s'installa. L'employé entra pour lui demander s'il devait éteindre la lampe dans la boutique. Dina lui fit un signe de tête affirmatif sans le regarder. Et continua ses recherches dans les paperasses et les chemises. De temps à autre, elle se redressait et se tenait le dos avec le poing.

Au moment même où elle allait arrêter ses recherches, ses yeux tombèrent sur une vieille écritoire en bouleau clair laqué qui était placée sur des étagères surchargées. A moitié enterrée sous des fiches de commandes et une pile de tabac à priser.

Elle se leva rapidement, traversa la pièce sans hésiter, comme si Jacob était là pour la diriger. L'écritoire était fermée à clé. Mais la serrure céda tout de suite à un canif.

Sur le dessus, il y avait les plans du caboteur *Mère Karen* et un tas de vieilles lettres de Johan. En soulevant le tas de lettres, une enveloppe jaune glissa et resta quelques instants en équilibre sur chant. Pour finalement se coucher docilement sur la table.

Elle ne l'avait jamais vue, mais elle en était sûre. C'était le testament de Jacob !

Elle remit de l'ordre. Referma la serrure et remit l'écritoire à sa place. Puis elle glissa l'enveloppe sous son châle, éteignit la lumière et tâtonna dans le noir de la boutique pour sortir.

Le ciel était envahi par la lune et les étoiles. L'aurore boréale agitait son drap phosphorescent comme pour fêter sa découverte.

Elle traversa la cour verglacée à pas légers. Prit le sentier, et monta dans la salle. Sans rencontrer personne.

Mais la maison était en effervescence. Dina était descendue ! La jeune maîtresse était allée inspecter la boutique ! Niels prétendait même qu'elle avait vérifié les comptes !

— Dieu est bon, dit Mère Karen, folle de joie, à Oline.

Et Oline opina de la tête tout en écoutant Dina passer derrière la porte.

Dina grimpa dans le grand lit. Tira les rideaux de tous les côtés et étala de ses doigts raidis les dernières volontés de Jacob sur ses cuisses.

Elle entendait le son de sa voix venir des murs et se mêler à tout. Elle avait oublié qu'il avait une belle voix. Un agréable ténor qui ne chantait pas très juste.

Elle sourit pendant qu'il lui faisait la lecture.

Aucune signature de témoin. Aucun tampon. Simplement les dernières volontés d'un homme. Ecrites dans la solitude d'une soirée tardive. Comme dans un accès de clairvoyance. Le 13 décembre 1842.

Quoi qu'il en soit, il était difficile de ne pas en tenir compte. Car les dernières volontés de Jacob se résumaient ainsi :

Dina, son épouse, et Johan, son fils d'un premier lit, héritaient en commun selon la loi, tant que l'héritage restait indivis.

C'était la volonté de Jacob Grønelv que son épouse gère ses biens et ses affaires autant qu'elle le pouvait jusqu'à la fin des études de Johan, et, pour ce faire, qu'elle engage l'aide dont elle aurait besoin. Son fils Johan devait continuer ses études de théologie et recevoir une pension prélevée sur son héritage, et d'autre part considérer Reinsnes comme son foyer tant qu'il resterait célibataire et le désirerait lui-même.

Dina, son épouse, partagerait avec Mère Karen Grønelv la responsabilité des activités journalières concernant le ménage, le bétail et les domestiques.

Mère Karen jouirait d'un viager ainsi que de tous les droits et commodités jusqu'à sa mort.

Son fils adoptif Niels aurait la responsabilité de la boutique et des comptes aussi longtemps que cela serait jugé utile pour Reinsnes et pour lui-même.

Son fils adoptif Anders aurait la responsabilité des bateaux, de l'armement et du commerce.

Les deux fils adoptifs jouiraient d'un dixième des bénéfices procurés par leur travail.

Aucun de ceux dont il était le créancier ne devait être mis en adjudication forcée pour payer des dettes après sa mort. Il n'avait pas non plus oublié une grosse somme pour les pauvres. Dina employa le reste de la soirée à rendre honneur aux dernières volontés de Jacob. Elle écrivit un nouveau « testament ».

Mais elle n'essaya pas de falsifier le véritable, ni de prétendre autre chose que ce qu'elle croyait être la volonté de feu son cher mari, transmise oralement.

C'était à s'y tromper le même testament, à quelques points près : elle ne mentionnait pas le dixième des bénéfices pour les fils adoptifs. Par contre, ils devaient conserver leurs positions aussi longtemps que cela serait bénéfique pour Reinsnes ou que son épouse Dina le jugerait utile.

Elle ne mentionna pas non plus que Johan pouvait hériter de l'exploitation fermière s'il le désirait.

Par ailleurs, elle copia soigneusement tout, point par point. N'oubliant pas la somme pour les pauvres.

Puis elle fit un bon feu dans le grand poêle. Et alluma le chandelier à sept branches sur la coiffeuse.

Tout le temps que mit le testament de Jacob à brûler dans le poêle noir, Dina sourit.

Puis elle posa la feuille qu'elle avait écrite sur le bureau de noyer verni. Ouverte, afin que tous ceux qui venaient puissent la voir.

Elle se coucha sur le grand lit à baldaquin tout habillée.

Tout à coup elle sentit le poids de Jacob sur elle. Il la pénétrait. Son haleine était étrangère. Ses mains dures. Elle le repoussa avec colère. Et Jacob ramassa son pantalon et son gilet de soie et disparut dans le mur.

Je suis Dina, qui sens un poisson bouger sous mes côtes. Il m'a joué un tour. Il appartient encore à la mer et aux étoiles. Il nage à l'intérieur et se suffit à lui-même tandis qu'il se nourrit de moi. Je le porte en moi tant qu'il le faudra. Il n'est quand même pas aussi lourd, ou aussi léger que Hjertrud.

Il ne s'agissait pas de savoir comment cela s'était passé, mais comment on croyait que cela s'était passé.

Elle se releva et regarda dans le poêle. Remit du bois. Resta là à surveiller que le feu finisse de consumer les restes carbonisés des dernières volontés de Jacob.

Cette nuit-là, personne n'entendit Dina déambuler sur le plancher avec ses chaussures ferrées.

Le commissaire avait avec lui un greffier et deux témoins quand il revint la fois suivante.

La vieille et la jeune veuve s'installèrent autour de la table ovale dans la salle, avec les hommes.

Le papier de Dina contenant les souvenirs des dernières volontés de Jacob fut lu aux personnes concernées en présence de témoins.

Johan était à Copenhague, mais Mère Karen était sa tutrice.

Dina était vêtue convenablement. Elle avait mis les vêtements noirs confectionnés pour l'enterrement. On avait fait venir toute la maisonnée.

Finalement, ils se tenaient tous, tête baissée, autour de la table et écoutaient la parole de Jacob à travers la grosse voix de basse du commissaire. Cela avait beaucoup de dignité. C'était même solennel.

Il ne vint à l'idée de personne qu'il manquait un testament. C'était un accident. Et arrivé si vite. Dieu bénisse le maître ! Le bienfaiteur.

Tout le monde eut sa part d'une manière ou d'une autre. Tout le monde fut reconnaissant à Jacob de ne pas les avoir oubliés.

Le commissaire trouvait qu'il n'était pas nécessaire d'inscrire que la pension de Johan serait prélevée sur son héritage, parce qu'il était du devoir des parents d'assurer de bonnes conditions à leurs enfants sans pour autant en faire une question d'héritage.

Mais Dina hocha la tête en souriant.

« Nous ne pouvons pas nier le fait que son père est mort », écrivit-elle sur l'ardoise.

Le commissaire regarda sa fille avec un respect étonné. Puis il dicta les vœux de Dina au greffier. Et Mère Karen opina de la tête. On apposa un tampon.

Le commissaire fit un discours en l'honneur de son gendre et ami défunt et de sa fille, et en appela à la bonne volonté de tous. L'héritage demandait une main ferme.

Mère Karen soupira de soulagement. La vie continuait. Dina était descendue.

Le soleil était de plus en plus haut. Bientôt, il allait colorer le ciel septentrional à minuit.

Les oiseaux des mers allaient revenir, les perdrix des neiges faire leurs nids et le merisier allait refleurir.

Mère Karen reçut une lettre de Johan.

Il envoyait ses condoléances avec une tristesse polie. Il ne pensait pas revenir à la maison avant d'avoir passé un examen important. De toute manière, il serait arrivé trop tard pour l'enterrement de son père.

Mère Karen lisait entre les lignes ce qu'elle savait déjà. Qu'il n'avait aucune aptitude ni pour l'agriculture ni pour le commerce. Qu'il n'avait aucune envie de moisir dans une boutique et qu'il ne connaissait rien à la comptabilité. Mais qu'il acceptait une pension prélevée sur son héritage pendant qu'il faisait ses études de théologie.

S'il avait du chagrin, en tout cas il n'en témoignait pas en voulant continuer l'œuvre de son père.

Mère Karen lut la lettre à Dina.

« Ma profonde sympathie à Dina dans cette douloureuse période », terminait Johan.

2

> Et Jacob dressa un monument dans le lieu où Dieu lui avait parlé, un monument de pierre sur lequel il fit une libation et versa de l'huile. Jacob donna le nom de Béthel au lieu où Dieu lui avait parlé.
> Ils partirent de Béthel ; il y avait encore une certaine distance jusqu'à Ephrata, lorsque Rachel accoucha. Elle eut un accouchement pénible ; et pendant les douleurs de l'enfantement, la sage-femme lui dit : « Ne crains point, car tu as encore un fils ! » Et comme elle allait rendre l'âme, car elle était mourante, elle lui donna le nom de Ben-Oni (fils de la douleur) ; mais le père l'appela Benjamin (fils du bonheur).
> (Genèse, 35, 14-18)

Mère Karen entra un jour sans frapper dans la salle. Dina était en train de s'habiller au milieu de la pièce.

Il était évident qu'elle était enceinte. Le soleil entrant à flots par les hautes fenêtres dévoilait tout aux yeux avertis de Mère Karen. Dina était veuve depuis cinq mois.

La vieille dame était petite et menue. A côté de la robuste Dina, elle avait l'air d'une précieuse figurine de porcelaine, jamais sortie de sa vitrine et ignorant la poussière, non pas un être humain de chair et d'os.

Les rides de son visage étaient comme une mince toile d'araignée vibrant au soleil quand elle s'approcha de la fenêtre pour remercier le ciel.

Elle tendit ses deux mains vers l'autre. Mais les yeux de Dina déversèrent vers elle des flots d'eau glacée.

— Dieu te bénisse, Dina, tu vas avoir un bébé ! murmura-t-elle, attendrie.

Dina enfila rapidement sa jupe et resta debout, tenant sa blouse comme un bouclier.

La vieille dame ne faisant pas mine de s'en aller, Dina, menaçante, mit un pied devant l'autre. A petits pas bien décidés.

Et avant même qu'elle ne s'en rende compte, Mère Karen se retrouva sur le palier sombre devant la porte fermée.

Le regard de Dina poursuivait la vieille dame. Pas seulement à l'état éveillé, mais aussi dans son sommeil et dans ses rêves. Elle ne savait comment approcher cet étrange individu.

Le troisième jour, ayant essayé sans résultat d'établir un contact avec Dina, elle alla trouver Oline à la cuisine.

Oline la reçut, assise au bout de la table. Enveloppée de deux tabliers, l'un sur l'autre.

La silhouette ronde à la ferme poitrine n'avait jamais allaité, même un chat. Ce qui n'empêchait pas Oline de se prononcer sur tout, comme si elle était une alma mater.

Elle savait, sans avoir besoin d'y réfléchir, que sa seule présence suffisait à donner une direction aux événements. Par l'expression des commissures de ses lèvres et son front rose tout plissé, débordant de sollicitude.

Oline pensait qu'il fallait laisser en paix la jeune maîtresse ! Une bonne nourriture ! Et des chaussons chauds au lieu de ces horribles souliers qu'elle portait sur ce plancher plein de courants d'air.

Qu'elle soit furieuse d'avoir un enfant quand elle

n'avait pas de mari à ses côtés était naturel, pensait Oline.

— Il faut moins que ça pour mettre les bonnes femmes en colère, dit-elle en levant les yeux au ciel.

Comme si elle se référait à une quantité d'exemples.

On ne pouvait pas s'attendre à ce qu'une si jeune dame considère comme une bénédiction de perpétuer la famille, après toutes les épreuves qu'elle avait traversées.

Ainsi Oline réduisait tout le problème à une question de temps et de soins.

Ceux qui avaient cru que Dina était descendue de la salle pour de bon, quand elle était allée inspecter le bureau, se trompaient.

Elle allait à l'écurie. Et au grand désespoir de Mère Karen, elle montait à cheval. Dans son état ! Mais autrement, elle restait dans la salle. Dina prenait ses repas dans la salle. Elle y habitait.

Si, de temps à autre, Mère Karen essayait de la faire descendre dans la salle à manger quand il y avait des invités, elle se contentait de sourire en secouant la tête. Ou bien elle faisait semblant de ne pas entendre.

Dina avait repris les habitudes de son enfance. A cette époque, elle mangeait seule. Parce que son père ne supportait pas sa présence. Surtout quand il mangeait.

Tomas essayait de capter le regard de Dina quand elle allait chercher son cheval pour le monter. Il l'aidait à grimper en nouant ses mains pour lui servir d'étrier. Il faisait cela depuis qu'il savait qu'elle attendait un enfant.

— Vous devriez monter avec une selle, jusqu'à ce que tout soit terminé... dit-il une fois, laissant un regard timide glisser sur son ventre.

Elle n'avait pas besoin de répondre. Muette comme elle l'était.

On racontait ouvertement que Madame Dina était à la fois enceinte, muette et peu sociable.

On prenait en pitié la vieille Mère Karen qui essayait de gouverner le grand domaine. A plus de soixante-dix ans, avec les jambes qui flanchaient.

On racontait que Dina avait jeté une chaise sur le docteur qu'on avait fait venir, quand il était entré sans plus de façons dans la salle, pour soigner sa mélancolie.

On disait que Dina avait été menacée de l'asile si elle ne se conduisait pas mieux, mais qu'elle s'en moquait éperdument. Elle avait jeté un regard si mauvais sur le docteur qu'il avait jugé préférable de se retirer, sans lui donner de soins.

La vieille dame avait alors invité le docteur à un verre de punch et un repas de perdrix des neiges avec vins et cigares, pour réparer l'insolence de la jeune femme.

Dans sa solitude, Dina tempêtait et faisait claquer les tiroirs des commodes. Parce qu'elle n'entrait plus dans ses vêtements.

Son ventre et sa poitrine avaient grossi et donnaient à son jeune corps des dimensions qui auraient fait envie à celles qui étaient moins fortunées. Si elle s'était montrée.

Mais elle allait et venait sur le plancher de la salle, inaccessible à tout et à tous.

Finalement, Mère Karen arriva quand même à entrer quelques instants, et on fit venir une couturière de Strandstedet.

Les jours se succédaient. Reliés les uns aux autres par les nuits sombres. En chaîne serrée. Comme une fumée aigre venant d'un foyer mal entretenu.

Je suis Dina, qui lis dans le livre de Hjertrud. A travers la loupe grossissante de Hjertrud. Car le Christ est malheureux et veut que je l'aide. Il n'arrivera pas à trouver le salut tout seul. Il a douze jurés maladroits qui essaient de l'aider. Mais ils n'y arriveront jamais. Ils sont tous lâches, peureux et hésitants. Au moins Judas sait compter... Et il ose être vraiment méchant. Mais c'est comme s'il se laissait imposer un rôle. Comme s'il n'avait pas le courage de refuser le rôle du traître afin que tous les autres y échappent...

Le fait que Dina ne parlait plus faisait oublier qu'elle n'était pas sourde.

On bavardait dans les couloirs et derrière son dos. Et comme elle ne faisait pas mine d'avoir entendu, cela devint une habitude. Ainsi elle savait toujours ce qui se passait et ce que les gens pensaient.

Elle écrivait brièvement ses désirs et ses ordres. Avec un crayon d'ardoise sur un tableau noir. Elle commandait des listes de livres à la librairie de Tromsø.

Le vapeur lui amenait des caisses. Elle les ouvrait elle-même avec le pied-de-biche posé près du poêle.

La servante qui vidait les cendres et montait le bois trouvait plus que terrifiant un tel outil.

Mais elle fut bien plus effrayée le jour où l'outil ne se trouva pas à sa place.

Les livres étaient des manuels de comptabilité et de gestion. Oline prétendait que leur lecture mettait parfois Dina tellement hors d'elle qu'elle en avait cassé le poêle.

On fit venir un expert-comptable. Dina passa plusieurs heures par jour dans le bureau à se faire expliquer toute la comptabilité.

Cela fut un sérieux sujet de discorde entre elle et Niels. L'expert resta un mois. Il allait et venait entre la maison et le bureau comme un chien de garde.

— Il ne manque plus que Madame se mêle des commandes de la boutique, marmonna Niels en jetant un regard noir sur l'expert, Petter Olesen, qui ne montrait aucune intention de s'associer au sarcasme.

Il ne s'était jamais trouvé aussi bien qu'ici à Reinsnes. S'il ne tenait qu'à lui, il aurait bien continué ainsi indéfiniment.

Le soir, il fumait une pipe dans le fumoir. La meilleure pipe d'écume de Jacob, comme si c'était la sienne.

Mais il devait se passer de la compagnie de Dina. Sauf quand il lui enseignait la comptabilité. En dehors de cela, elle restait dans la salle. Quand elle ne montait pas à cheval, ou quand elle ne notait pas ses ordres ou ses questions. Sur le sens desquelles il était impossible de se méprendre.

Personne ne pouvait dire qu'elle était aimable. Mais étant donné qu'elle était muette, elle ne disait rien de désagréable non plus.

Mère Karen était ravie de l'énergie de Dina. Mais elle eut le tort de lui reprocher son manque de précautions « dans sa situation intéressante ».

Cela provoqua les affreux sons gutturaux de Dina, qui en firent trembler les miroirs et les vitres de la salle, bien que le temps soit au beau fixe.

Si l'on redoutait quelque chose à Reinsnes, c'était de voir Dina penchée sur la rampe de l'escalier, proférant ces sons qui faisaient frémir tous ceux qui les entendaient.

On voyait bien de qui Dina tenait, disait Oline.

Mais le reste du temps, tout était paisible. Mère

Karen s'assoupissait souvent sous son plaid dans le salon. Elle lisait et relisait les lettres sèches et régulières de Johan. Quelquefois à haute voix pour Dina. Elle se permettait de vieillir, car elle voyait que tout s'arrangeait, d'une certaine manière.

Cependant, les chambres réservées aux visiteurs restèrent vides pendant plusieurs mois. Le deuil, le mutisme et la folie qui régnaient à Reinsnes n'étaient pas pour attirer les gens. Une sorte de torpeur enveloppait le grand comptoir commerçant et son auberge.

Le caboteur *Mère Karen*, en tout cas, était de retour des Lofoten, ayant fait de bonnes affaires. Grâce à Anders. Ce qui avait valu des honneurs à Jacob n'était en fait dû qu'aux bonnes routines d'Anders.

L'enfant était le sujet de conversation et l'espoir de tous.

Dina ne pouvait évidemment pas prendre part aux conversations. Mais elle n'inscrivait aucun commentaire sur son tableau noir. Les servantes, Tea et Annette, confectionnaient de petits vêtements à leurs heures libres, et Oline s'inquiétait du fait que la sage-femme habitât si loin.

Un jour de temps lourd et d'orage, il arriva ce que la vieille dame redoutait.

Dina tomba de cheval.

Heureusement, Tomas, des champs où il se trouvait, vit tout. Il courut jusqu'à en avoir mal aux poumons et à en avoir un goût de plomb dans la bouche. Il la trouva couchée contre une touffe d'airelles en boutons. Sur le dos, les jambes et les bras écartés, comme crucifiée par terre. Le visage tourné vers le ciel et les yeux grands ouverts.

Tomas put constater une écorchure au front et une

jambe égratignée par une branche de pin sèche qui avait trouvé bon de s'y enfoncer.

Il se dirigea vers l'étable d'été, parce qu'elle était la plus proche. Et parce que, dans un accès de méchanceté, Notre-Seigneur avait déclenché un gros orage.

Lucifer avait été effrayé par les premiers coups de tonnerre et avait rejeté Dina quand elle avait essayé de le calmer.

Tomas la soutenait, la portant à moitié jusque dans le bâtiment éventé. L'aida à s'allonger sur le foin. En attendant mieux. Car l'accouchement se déclencha pour ainsi dire entre ses mains.

Mais autrefois, Tomas avait aidé sa mère dans la même circonstance, dans la métairie éloignée où ils habitaient. Il savait ce qu'il avait à faire.

Lucifer ne se laissant pas monter, il ne lui restait qu'à courir chercher de l'aide à la ferme.

Là, on eut vite fait de mettre l'eau à chauffer et de trouver des draps. Les servantes se brossaient les mains sous les ordres brefs d'Oline.

Il n'était pas question de déplacer Dina, disait Tomas en faisant tourner son bonnet comme une roue.

Oline montait en se dandinant, à une allure incroyable, vers l'étable. Tomas courait derrière avec la brouette remplie des objets nécessaires.

Le ciel se vidait sur eux et menaçait de submerger tout ce qui se trouvait sous la toile cirée recouvrant la brouette.

Oline, essoufflée, criait que ça suffisait comme ça ! On n'allait quand même pas avoir une naissance et le déluge en même temps ! Elle voulait persuader les forces de la nature que c'était elle qui avait pris le commandement.

Tout se passa en une heure.

Le fils de Dina était trapu, mais petit. Né dans une étable tandis que le ciel se vidait et rendait fertile tout ce qui devait pousser.

Lucifer était à la porte, avec sa grosse tête, il montrait les dents et une impatience démonstrative.

Si cela n'avait pas tenu du miracle et du fait que Jacob était mort en novembre, Oline aurait assuré que cet enfant était prématuré !

Mais elle mit tout sur le compte de la jeune mère qui s'était conduite comme une gamine, « dans son état ».

Dina ne cria pas pendant l'accouchement. Se contenta de geindre, les yeux grands ouverts.

Mais c'est une fois l'enfant sorti, quand il n'y avait plus qu'à attendre le placenta, qu'elle poussa le cri le plus horrible qu'ils aient jamais entendu.

Dina se débattit, ouvrit la bouche et s'abandonna au cri.

Je suis Dina, qui entends un cri s'installer dans ma tête. Il bouche mes oreilles. Dans la buanderie, à Fagernesset, la vapeur sort de Hjertrud pendant qu'elle s'écroule et que son corps tout entier se répand sur le sol. Son visage se fend. Encore et encore. On dérive ensemble. Très loin...

Dina était lourde et silencieuse entre leurs mains.

Mère Karen, qui était arrivée, gémissait de désespoir.

Mais Oline donnait des claques sur les joues de Dina avec tant de force que la marque des doigts y restait comme une cicatrice.

Et son cri sortit d'elle à nouveau. Comme s'il était resté coincé pendant mille ans. Il se mêlait au vagissement grêle du nouveau-né.

On le lui mit au sein. Il s'appelait Benjamin. Il avait des cheveux noirs. Ses yeux étaient vieux, et noirs comme le charbon dans la roche.

Le monde retenait son souffle. Le silence fut soudain. Une libération.

Puis, tout à coup, du fond de la couche sanglante, une voix autoritaire se fit entendre.

— Fermez donc la porte ! Il fait froid !

Dina avait prononcé ces mots. Oline s'essuya le front. Mère Karen joignit les mains. La pluie se fraya un chemin à travers le toit de tourbe. En invitée prudente et humide.

La nouvelle atteignit Tomas. Assis sur une caisse sous un arbre, il était mouillé jusqu'aux os, sans s'en rendre compte. Se tenant à une distance respectueuse de l'étable.

Un sourire incrédule le couvrit en entier. Jusqu'à ses bras. Qui s'ouvrirent pour laisser la pluie remplir ses paumes.

— Qu'est-ce que t'as dit ? gémissait-il avec bonheur quand Oline lui apporta la nouvelle.

— Fermez donc la porte ! Il fait froid ! répétait-elle en riant et en agitant des bras roses et nus.

Et le rire éclata entre eux. La vieille dame souriait, épuisée.

— Fermez donc la porte ! Il fait froid ! murmurait-elle en hochant la tête.

On transporta Dina dans une solide voile. Entre les poignes de Niels, du vacher, d'un client venu par hasard à la boutique, et de Tomas. Anders était à Bergen.

Ils descendirent le sentier vers la ferme, passèrent la porte d'entrée ouverte à deux battants et montèrent l'escalier jusqu'au lit à baldaquin dans la salle.

C'est alors que la sage-femme arriva pour constater que tout était comme il le fallait. Elle se montra satisfaite, et on servit la goutte sur un plateau d'argent, aussi bien à la cuisine que dans la salle.

Dina buvait gloutonnement pendant que les autres ne faisaient que tremper les lèvres. Puis elle demanda à l'une des servantes d'aller chercher les savonnettes dans le tiroir de la commode. Sa voix ressemblait au grincement de poulies rouillées.

Elle installa les savonnettes en rond autour du bébé couché sur son sein. Treize savonnettes à la lavande et à la violette. Un cercle magique de bonnes odeurs.

Ils s'endormirent immédiatement tous les deux.

Le lait ne voulait pas monter.

On donna d'abord de l'eau sucrée à l'enfant. Mais à la longue, cela ne suffisait pas.

Ces éternels cris d'enfant donnaient des sueurs froides à toutes les femmes.

Au bout de quatre jours ce ne fut plus qu'un hurlement continuel, entrecoupé de courtes pauses, quand l'enfant s'assoupissait d'épuisement.

Dina était pâle, mais ne se mêlait pas aux lamentations.

Ce fut Tomas qui finalement se rappela une Lapone habitant le sud de la paroisse, dont le nouveau-né venait de mourir.

Elle s'appelait Stine. Elle était maigre, avec de grands yeux et une belle peau dorée, et des pommettes saillantes.

Oline se lamenta sur la maigreur de la nourrice. Qu'elle soit lapone était de moindre importance.

Cependant, ses petits seins devinrent bientôt une source d'élixir de vie. Et le corps maigre et noueux était fait pour bercer un enfant.

Elle venait de perdre un petit garçon quelques jours auparavant. Mais elle n'en parla pas. Au début, elle se montra méfiante, elle avait trop de lait et elle était malheureuse.

On savait qu'elle n'était pas mariée, mais personne ne songeait à lui en faire grief.

Pendant les lourdes nuits de juillet, ce fut Stine qui ramena le calme et l'harmonie. Tout redevint silencieux.

Une odeur sucrée de nourrisson et de lait émanait de la chambre de Stine. Envahissait le couloir jusque dans les coins les plus reculés. Sans qu'on puisse l'expliquer, on sentait même cette odeur de femme et d'enfant jusque dans les communs.

Dina resta au lit sept jours. Puis elle se leva. Affairée comme une chèvre en train de grimper une côte.

— Quand c'est pas l'gosse, c'est elle, dit Oline.

Il faisait chaud. A l'intérieur des maisons comme dans la cour. On commençait à croire que tout allait redevenir comme avant. Du temps du pauvre Jacob où l'on offrait du punch à la famille, aux amis et aux hôtes de marque venant de près ou de loin.

Stine allaitait. Et se glissait comme une ombre. Sans bruit, ne faisant qu'une avec la brise d'été et la marée.

Oline avait donné l'ordre de ne pas raconter où l'enfant était né.

Mère Karen pensait que Notre-Seigneur Lui-même étant né dans une étable, cela pouvait être interprété comme un signe.

Mais Oline n'en démordait pas. Rien de cette histoire ne devait transpirer. Bien entendu, cela se sut. Dina de Reinsnes s'était promenée en pantalon le jour de son mariage et maintenant voilà qu'elle accouchait dans une étable !

Dina recommença à circuler dans la maison cet été-là.

Un jour, à la cuisine, elle fit remarquer qu'Oline avait des pellicules sur les épaules.

Oline fut mortellement blessée. N'était-ce pas elle qui avait accouché cette effrontée dans une étable ? Elle leva les yeux au plafond quand Dina sortit, avec l'expression menaçante d'un chien méchant enchaîné.

Il existait une silencieuse connivence entre Stine et Dina.

Elles se retrouvaient quelquefois penchées ensemble sur le berceau — sans pour cela échanger beaucoup de mots. Elle n'était pas spécialement bavarde, cette Stine.

Un jour, Dina demanda :

— Et qui c'était l'père du gosse qu't'as perdu ?

— L'est pas d'ici, fut la réponse.

— C'est-y vrai qu'il a femme et enfants ?

— Qui c'est qui dit ça ?

— Les gars à la boutique.

— C'est des mensonges !

— Et pourquoi tu peux pas dire qui c'est ?

— Ça sert à rien, l'gosse est mort...

Cette rude philosophie semblait convenir parfaitement à Dina. Elle regarda Stine droit dans les yeux et dit :

— Non, t'as raison, ça sert à rien ! Ça r'garde personne qui c'est l'père.

Stine avala sa salive, eut un regard reconnaissant envers l'autre.

— Not'môme, il va s'appeler Benjamin, et c'est toi qui vas l'porter au baptême ! continua Dina en attrapant un petit pied nu qui battait l'air.

On l'avait délangé. Il faisait une chaleur étouffante à l'étage. La maison sentait le goudron chauffé par le soleil.

— C'est-y juste ? demanda Stine effarée.

— C'est juste ! C'est toi qu'as sauvé la vie d'la p'tite crapule.

— L'aurait pu prendre du lait d'vache coupé...

— Dis pas d'bêtises ! Y t'faut une jupe neuve, une chemise neuve et un corsage neuf. Et l'pasteur s'ra invité au baptême.

Le commissaire fut hors de lui quand il apprit qu'il ne tiendrait pas son premier petit-fils sur les fonts baptismaux et que celui-ci n'hériterait pas du prénom de son père.

— C'est Jacob qu'il devrait s'appeler ! grondait-il. Benjamin, c'est encore une invention de bonne femme, un de ces trucs incompréhensibles de la Bible.

— Benjamin, c'est l'fils de Jacob, dans la même Bible, répliqua Dina avec entêtement.

— Mais personne, dans aucune des deux familles, n'a jamais porté ce nom ! cria le commissaire.

— A partir d'dimanche prochain y en aura justement un ! Veux-tu maintenant t'déménager dans l'fumoir, qu'on ait la paix !

Le commissaire resta là, planté, le visage cramoisi. A la cuisine, comme partout dans la maison, on avait été témoin de la scène. Il était venu pour remettre de l'ordre. Et voilà comment on le remerciait !

Et il fallait encore qu'il se retrouve à l'église côte à côte avec cette Stine, une servante lapone qui avait accouché d'un bâtard.

Le commissaire était si blessé qu'il n'arrivait pas à articuler sa fureur. Et quand enfin il lui donna libre cours, personne ne comprit le sens de ses cris.

A la fin il se retourna et déclara qu'il rentrait et quittait cette maison de fous. Et que Benjamin était un nom aussi peu masculin que Maria.

— En Italie, y a des hommes qui s'appellent Maria, fit remarquer Dina. Si tu pars, oublie pas ta pipe, elle est là. Et l'nom, c'est Benjamin !

Pendant ce temps, sur le palier, Stine pleurait silencieusement. Elle avait tout entendu.

Oline marmonna quelque chose à quoi personne ne fit attention. Gênés, les ouvriers engagés pour faire les foins mangeaient leur bouillie du soir à la cuisine.

Mais pas plus loin que dans les communs le rire ne tarda pas à éclater. Eh bien, elle était vraiment têtue, cette jeune maîtresse ! Ils n'y pouvaient rien, mais ça leur plaisait plutôt. On ne trouverait pas dans toute la paroisse une maîtresse qui ose demander à une servante de présenter son enfant à Dieu le Père, simplement parce qu'elle l'avait allaité !

Le commissaire Holm retournait à sa chaloupe à pas lourds de fureur.

Mais au fur et à mesure qu'il avançait sur le gravier, il semblait reprendre ses esprits. Ses pas se ralentirent et il s'arrêta près du hangar à bateaux en soupirant.

Il fit alors demi-tour et, pour la deuxième fois dans la même journée, il rebroussa chemin. Fit grand bruit dans l'escalier et cria à travers la porte ouverte :

— Bon, pour l'amour du ciel, qu'il vive dans le péché et s'appelle Benjamin !

Mais Dagny prit mal la chose. Elle n'avait aucune intention de se montrer à l'église. Cet affront public ne lui laissait aucun repos.

Et quand le moment vint de s'y rendre, elle était enrhumée, mal en point, avec mal à la tête et les yeux rouges.

Les garçons ne pouvaient pas y aller sans elle. Il y en avait deux maintenant.

Le commissaire se sentit coupable un instant en rencontrant ses yeux accusateurs. Mais il se ressaisit, soupira et déclara que, tout de même, il s'agissait de son premier petit-fils. Il était donc de son devoir de se rendre à l'église !

Il partit avec le cadeau dans sa poche en faisant l'important. Bien soulagé d'échapper aux reproches de Dagny et à son regard désapprobateur dont le sens était clair :

« Regarde un peu la fille que tu as, mon pauvre Lars ! Quelle honte ! »

Comme s'il ne le savait pas !

Le pire verdict était rendu par les yeux éloquents

de Dagny, accompagné d'une petite réflexion sur sa conduite irréprochable quand elle était jeune fille « dans le Sud ». Cela avait le don de déclencher une telle fureur qu'il l'aurait volontiers étranglée de ses grosses mains.

Mais ce n'était pas le genre du commissaire d'étrangler ou de battre. Il se contentait de planter deux yeux bleu sombre sur les gens. Et d'être profondément blessé et malheureux.

Avec bonhomie, et assez bruyamment, il arrivait cependant toujours à ses fins dans le privé comme dans la vie publique. En tout cas depuis que Dina était sous bonne garde à Reinsnes.

Il lui arriva plus d'une fois d'envoyer une pensée reconnaissante à son ami mort et à Mère Karen. Mais il n'osait pas imaginer ce qui se passait à Reinsnes.

Peu de gens osaient lui colporter les ragots. C'était donc seulement quand Dagny voulait le punir pour une raison quelconque qu'il apprenait à quel point tout allait mal à Reinsnes. Avec une maîtresse de maison qui ne mettait jamais les pieds dans son salon, mais par contre sortait la nuit à cheval. Qui fréquentait les garçons de ferme et les servantes.

Il lui arrivait de penser à l'enfance de Dina. Aux années passées hors des règles du savoir-vivre. Jusqu'à l'arrivée de Lorch, ce drôle de type, qui n'était ni chèvre ni chou, comme disait Dagny.

Un vague sentiment de culpabilité lui traversa l'esprit un bref instant. Mais il lui parut offensant, et tout à fait nuisible. Aussi pensa-t-il être dans son bon droit en le repoussant.

3

> Maintenant si ta parole s'accomplit, que faudra-t-il observer à l'égard de l'enfant, et qu'y aura-t-il à faire ?
> (Livre des Juges, 13, 12)

L'odeur aigre-douce du nourrisson et du lait avait un curieux effet sur tous. D'autant plus qu'il y avait maintenant vingt-trois ans depuis la dernière fois.

Il arrivait à Oline de faire des comparaisons.

« Il ressemble au Johan ! » Ou bien : « C'est juste comme si on voyait l'Johan ! Il avait juste la même mine quand il faisait dans ses langes ! »

Elle exprimait un grand enthousiasme devant ses progrès. Et était très préoccupée par l'aspect des oreilles du petit Benjamin. Elle s'était mis dans la tête qu'elles étaient un peu saillantes. Et que cela représentait un élément étranger dans l'histoire de la famille. Elle fixait Dina, dont les oreilles étaient toujours cachées par les cheveux.

Elle devait se contenir pour ne pas aller voir si l'enfant avait hérité de sa mère ses oreilles pointues de faune.

Mais comme Dina n'était pas quelqu'un sur qui on mettait la main, elle se contenta de remarquer qu'elle avait oublié de regarder comment étaient les oreilles du commissaire.

— L'commissaire, on les lui a coupées, les oreilles,

quand il était p'tit, tellement elles étaient laides, lança Dina avec insolence.

Oline fut vexée. Mais elle comprit l'allusion. Et cessa de commenter l'aspect de l'enfant quand Dina était présente.

Mais c'était Stine qui écopait. D'abord, elle s'inquiétait beaucoup parce que le petit n'avait pas un poil sur la tête. Ensuite parce qu'il avait une grande tache de vin sur l'épaule gauche.

Elle tourmentait Stine en prétendant que les cheveux ne poussaient pas parce que son lait n'était pas assez riche.

Et il ne servait à rien que Mère Karen et Stine aient plus d'expérience. Et se réfèrent à tel ou tel enfant qui était resté chauve jusqu'au moment où il avait commencé à marcher. C'était la nature qui en décidait.

Le premier été de Benjamin fut torride.

Les compresses que Stine mettait sur ses seins sentaient vite l'aigre et il en séchait continuellement une douzaine sur le fil derrière la buanderie.

Les lilas avaient fleuri si rapidement qu'on en avait à peine senti le parfum. La sécheresse devint un problème pour la récolte. La chaleur rendait les gens paresseux et irritables.

Cependant le jeune Benjamin mangeait, pleurait et dormait comme un chiot de bonne race. Il poussait à vue d'œil, à part ses cheveux.

Il dévorait littéralement sa petite nourrice maigrichonne. Elle eut mal aux dents. Et devint de plus en plus maigre malgré la crème et le beurre dont Oline la gavait, afin d'assurer une riche production de lait.

Le fait que Stine avait tenu Benjamin sur les fonts baptismaux avait conféré à la Lapone un statut social privilégié, tacitement reconnu bien au-delà de Reinsnes.

Dina, elle, sembla ne plus s'en souvenir après le baptême.

Et c'était Stine qui assumait les nuits de veille, l'allaitement, les couches et les langes et tout le reste.

Elle jouissait du respect qu'on lui montrait. Elle arcboutait son maigre dos contre les ragots des gens et se laissait servir le petit déjeuner au lit, des mûres jaunes et de la crème épaisse au dessert. Ainsi que du beurre frais, et du lait sucré au miel pour aiguiser l'appétit.

Ce qui arriverait après le sevrage de l'enfant, elle évitait d'y penser. Elle avait plusieurs mois devant elle encore, et personne n'en parlait.

Chaque fois que Stine mettait l'enfant dans les bras de Dina, un cercle magique se refermait sur eux. Finalement il était impensable que Dina prenne l'enfant sans que ce soit Stine qui le lui mette dans les bras. Stine était l'alpha et l'oméga.

Un jour où Mère Karen et Oline étaient toutes deux penchées sur Stine, qui allaitait le petit, Dina déclara :

— La Stine, elle va rester ici à la ferme tant qu'elle le voudra. On a pas seulement b'soin d'son lait.

Mère Karen oublia vite qu'elle avait été vexée de ne pas avoir été consultée.

Ainsi fut-il décidé que Stine resterait en sécurité à Reinsnes, toute sèche que fût sa poitrine.

Tomas conservait le souvenir du jour de l'enterrement de Jacob. Comme d'un événement insensé.

Il revoyait Dina glisser sur la rampe. Grande et nue, sa chemise de nuit entre elle et le bois verni.

Parfois il pensait avoir rêvé. D'autres fois, il n'en était pas sûr.

Et puis, par éclairs, il se revoyait, lui, Tomas, couché sur la peau de mouton dans la salle.

Secrètement il se sentait à la fois anobli et damné. Il ne faisait plus partie de la même classe sociale. Il importait peu qu'il fût seul à le savoir.

Il se tenait plus droit et avait une expression contemplative et hautaine dans les yeux qui convenait mal à un palefrenier, fils de métayer.

On s'en rendait bien compte, mais personne ne comprenait d'où lui venait cet air. Il était un étranger à Reinsnes. C'était Dina qui l'y avait amené.

Mais, pendant la moisson, personne ne s'aventurait à le tourner en dérision. Car il était impossible de suivre son rythme dans les champs. Les hommes évitaient de faucher à ses côtés.

Ils lui demandaient d'aller un peu plus lentement, mais il semblait ne pas entendre. Et il y avait toujours plusieurs mètres entre lui et son compagnon.

A la fin, ils trouvèrent un moyen de le tenir en respect. Ils le laissèrent toute la journée entasser le foin sur la charrette avec sa fourche. Puis ils lui firent faucher seul, le soir, les parcelles les plus difficiles. Ils l'envoyaient aussi chercher la pierre à aiguiser ou le bidon de lait caillé pendant les pauses.

Tomas ne protestait jamais. Car il se perdait dans les images et les souvenirs. Les odeurs. Tandis que, pendant des heures, il soulevait de lourds fardeaux. Ou qu'il courait entre la ferme et les champs. Cherchant de nouvelles pierres à aiguiser ou bien faisant remplir des bidons de lait caillé par Oline.

Son corps était brun de soleil et luisant de transpiration, l'été où Dina accoucha.

Chaque après-midi, il plongeait la tête et le torse dans l'abreuvoir, dans l'enclos des chevaux, et se secouait ensuite, comme eux.

Cela ne l'empêchait pas d'être en feu. Il n'obtenait jamais rien de plus qu'une promenade à cheval. Son étrier était toujours entre eux quand il était près d'elle.

Tomas aurait donné son âme au diable pour supprimer ce bout de métal.

Dina se baignait souvent dans une petite crique profonde. Bien cachée entre des collines rocheuses et un bois de bouleaux. Et à bonne distance des champs et du débarcadère.

Elle était couchée dans l'eau fraîche jusqu'au menton tandis que ses seins flottaient, comme deux animaux indépendants essayant de nager par eux-mêmes.

Il arrivait que Hjertrud apparaisse à l'orée du bois et lui fasse un signe en levant le bras quand elle sortait de l'eau.

Alors Dina s'arrêtait, à moitié enveloppée de sa chemise ou de sa serviette. Elle restait debout. Jusqu'à ce que Hjertrud lui parle, ou bien disparaisse.

Ainsi, depuis que Dina s'était relevée de ses couches et avait recommencé à circuler, Tomas avait employé toute sa ruse pour savoir quand elle se baignait. Cela pouvait être aux heures les plus indues.

Il avait une sorte de sonnette d'alarme secrète. Et arrivait toujours à se libérer s'il était à la ferme.

Il se réveillait la nuit, prêt. Il avait un flair qu'un renard aurait pu lui envier pour dépister un bruit de pas dans l'herbe, passant devant les communs pour se diriger vers la crique.

Un jour il se retrouva tout à coup devant Dina. Après avoir attendu décemment qu'elle se soit rhabillée et remonte le sentier.

Les oiseaux voltigeaient à l'ombre entre les arbres.

Ils pouvaient tous deux entendre la cloche du dîner venant d'une ferme sur l'autre rive.

Le soir venait d'envelopper le précipice d'ombre bleu foncé, et les insectes bourdonnaient. Un parfum de bruyère et d'algues chaudes de soleil se mêlait à tout.

Dina s'arrêta et regarda l'homme devant elle. Interrogatrice. Comme si elle se demandait qui il était. Elle avait une ride profonde entre les sourcils. Il se sentit désarçonné. Mais il tenta le coup.

— T'avais dit qu'tu m'enverrais chercher...

— Chercher ? Pour quoi faire ?

— Qu'tu voulais m'voir...

— Et pourquoi j'voudrais t'voir ?

Il sentait chacun de ses mots lui briser les os. Cependant il ne se rendit pas.

— Parce que... euh... le jour où le Jacob... le jour dans la salle...

Ce n'était qu'un murmure. Une plainte. Qu'il lui présentait comme une offrande.

— On a eu aut'chose à faire !

Elle arrêta son verdict comme elle aurait souligné de deux traits la somme finale des comptes de la boutique. Tant pour les bénéfices. Tant pour les arriérés. Tant pour les pertes à cause de mauvaises pêches.

— Oui... mais...

Elle eut son sourire. Celui sur lequel tout le monde se trompait. Mais pas Tomas.

Car il connaissait une autre Dina. Celle de la salle. Depuis, il n'avait jamais été à l'aise quand elle souriait.

— Les temps ont changé. Les gens font ce qu'ils doivent faire, dit-elle en le regardant droit dans les yeux.

Elle avait les pupilles dilatées. Il voyait la tache ambrée de l'iris. Ressentait la froideur des yeux gris de plomb comme une douleur physique. Cela le paralysait. Il restait planté là. Bien qu'elle fît visiblement signe de vouloir passer. Il n'osait pas la toucher, alors qu'elle était si proche que seuls leurs vêtements les séparaient.

Puis elle sembla avoir tout à coup une idée. Elle leva la main et la posa sur sa joue duvetée. Moite de chaleur, de tension et de honte.

— Il a fallu attendre que l'vent tombe, sans s'presser, dit-elle, absente. Mais t'es encore capable d'monter à cheval.

Le soir même, ils allèrent à cheval jusqu'au col, les cheveux de Dina n'étaient pas encore secs.

Une ou deux fois, elle tint la bride haute à Lucifer jusqu'à le blesser de ses éperons.

L'automne commençait à s'installer. Les feuilles des arbres jaunissaient, et de loin les trembles semblaient en feu.

Il n'osa pas la tourmenter en se montrant exigeant. Il n'aurait pas supporté un nouveau refus dans la même journée.

Mais le feu qui le dévorait n'était pas éteint. Tomas dormit mal, faisant des rêves embrouillés qui n'étaient pas racontables.

Il pouvait s'arrêter au beau milieu d'un travail et sentir son odeur. Il croyait qu'elle se trouvait juste derrière lui et il se retournait brusquement. Mais elle n'était jamais là.

Pendant ce temps, les lauriers de Saint-Antoine envahissaient de leurs fleurs violettes les champs et les fossés.

Les oisillons savaient voler depuis longtemps. Les mouettes et les sternes se contentaient de roucouler sans conviction quand on ramenait à terre quelques petits lieus noirs. Et le puits menaçait d'être à sec.

4

Celui qui dérobera un homme, et qui l'aura vendu ou retenu entre ses mains, sera puni de mort. (Exode, 21, 16)

Depuis que Dina s'était enfermée dans sa solitude, Mère Karen voyait avec inquiétude qu'elle retombait dans ses mauvaises habitudes et ses manières inconvenantes.

Dina attirait l'attention parmi les étrangers. Elle se conduisait à peu près comme un homme aisé jouissant d'une grande estime. Sans sourciller, elle fumait le cigare après le dîner, si l'occasion s'en présentait. C'était comme si elle désirait choquer et provoquer.

Quand les messieurs se retiraient au fumoir, Dina suivait avec le plus grand naturel.

Elle s'allongeait sur la chaise longue, les jambes croisées. La main qui tenait le cigare paresseusement posée sur la peluche.

Il lui arrivait même d'enlever ses chaussures.

Elle ne disait pas grand-chose. Se mêlait rarement aux discussions, mais apportait quelques brèves corrections si elle trouvait cela nécessaire.

Les hommes se sentaient surveillés et mal à l'aise. Et le moment du punch et du cigare n'était plus ce qu'il avait été.

La présence de Dina et les expressions de son visage portaient sur les nerfs de ces messieurs. On pouvait difficilement lui faire poliment comprendre qu'elle était indésirable étant donné qu'elle était la maîtresse de maison. Et elle ne se laissait pas traiter en paria.

C'était comme si le pasteur était là. On n'était pas complètement à l'aise pour raconter de bonnes histoires.

Car Dina était là, avec son sourire, et écoutait. Leur donnant l'impression pénible d'avoir dit des bêtises.

Le plus ignominieux était quand elle interrompait pour corriger un chiffre, une date, ou ce qui pourrait être profitable, ou bien ce qu'on avait dit dans les journaux.

Au début, ils pensaient qu'elle allait se lever et partir si Benjamin se faisait entendre quelque part dans la maison. Mais elle ne levait même pas un sourcil.

Niels en eut assez à la fin. Il déménagea l'heure du punch dans son bureau. Installa peu à peu un petit salon dans un coin.

Mais Dina ne se laissait pas expulser pour autant. Elle suivait les comptes avec des yeux d'argus. Et buvait le punch du bureau.

Benjamin avait déjà bien un an quand Dina trouva Stine en train de pleurer sur la tête de l'enfant.

Les larmes coulaient. Sans un son. L'enfant regardait sa nourrice tout en tétant. De temps à autre il fermait un œil par réflexe, pour éviter qu'une larme ne lui tombe dessus.

En réalité il tétait seulement pour se faire câliner car Stine n'avait presque plus de lait. Et il était temps, pensait Karen. Après de nombreuses palabres, Dina finit par obtenir l'histoire de Stine.

Elle s'était laissé séduire. Elle ne pensait pas qu'elle pouvait être enceinte tant qu'elle allaitait. Mais on voyait bien que cette bonne vieille règle n'était pas faite pour des gens comme elle.

Elle ne voulait pas dire qui était le père. Mais Dina ne se laissa pas décourager.

— Si tu veux pas m'dire qui c'est l'père, pour qu'y fasse réparation, j'peux pas t'garder ici.

— Mais c'est pas possible ! pleurait Stine.

— Et pourquoi c'est pas possible ?

— Parce que c'est un monsieur de bonne famille.

— Alors il est pas ici à Reinsnes ?

Stine pleurait.

— Il est de Strandstedet ?

Stine se moucha et secoua la tête.

— Il est de Sandtorg ?

Dina continua de la sorte pour finir par apprendre ce qu'elle savait déjà. Que c'était Niels qui était le père de l'enfant.

Le salon du bureau de Niels, dans la boutique désertée la nuit, servait visiblement à autre chose qu'à boire du punch.

— J'm'suis laissé dire que l'Niels va être père !

Dina ferma la porte du bureau derrière elle et mit les poings sur les hanches. Niels était assis derrière le grand bureau de chêne.

Il leva les yeux. Et son regard s'éteignit. Il avait du mal à soutenir son regard.

Puis il changea d'attitude et fit comme si c'était la première fois qu'il entendait cette histoire.

Avec précipitation, les excuses se déversaient comme du sucre d'un sac percé.

— C'est une accusation qui n'tient pas d'bout ! affirma-t-il.

— T'es assez grand pour savoir c'que tu fais, j'ai pas besoin de l'dire. Mais un gosse n'se plante pas par l'opération du Saint-Esprit. En tout cas pas dans c'pays-ci. C'était au pays des Juifs. Et c'était une exception ! A c'qui paraît, c'est ici même qu't'as couché avec la Stine. Dans cette pièce ?

Niels protesta avant même qu'elle eût terminé. Ils parlaient en même temps.

Les yeux de Dina lancèrent des éclairs. De fureur et de mépris mêlé aussi d'une sorte de satisfaction.

Elle s'avança lentement vers la table, tout en gardant son regard droit dans le sien. Puis elle se pencha sur lui et lui entoura légèrement les épaules de son bras. Sa voix était celle d'un chat ronronnant au soleil.

— Le Niels l'est assez grand pour choisir. D'ce jour, il peut choisir entre deux choses : il peut mener la Stine à l'autel au plus vite, ou il peut quitter Reinsnes pour de bon ! Avec six mois d'salaire !

Niels était comme pétrifié. Il avait peut-être deviné que Dina n'attendait qu'une occasion de se débarrasser de lui. Il l'avait compris quand elle s'était mise à fouiller dans ses livres de comptes.

— Madame veut me chasser de la propriété de ma mère Ingeborg ! dit-il, tellement altéré qu'il en employait des tournures distinguées.

— Y a belle lurette que l'Ingeborg en était la propriétaire ! affirma Dina avec dédain.

— J'vais l'faire savoir au Johan, et c'jour même !

— Oublie pas d'lui dire aussi qu'tu vas être père dans six mois, et qu't'essaies d'te tirer en laissant la honte à la Stine ! Pour le Johan, qui va être prêtre, ça s'ra sûrement un grand exploit !

Elle se retourna tranquillement pour partir.

— L'Niels peut v'nir m'dire c'qu'il a décidé, avant ce soir, dit-elle sans se retourner.

Elle ferma doucement la porte derrière elle et fit un signe aimable de la tête à la vendeuse qui se tenait à l'écoute à une bonne distance de la porte.

Il monta la voir dans la salle dans la soirée pendant qu'elle était en train de jouer. Ils s'y étaient préparés. Tous les deux.

On ne pouvait quand même pas le marier à une Lapone ! Et qui en plus avait eu un enfant avec un autre, même si l'enfant était mort. Dina devait le comprendre.

A vrai dire, il avait autre chose en tête. Il s'était trouvé une fille de bonne famille. Il donna même le nom. Et sourit avec un regard scrutateur vers Dina.

— Mais t'aurais pu faire le difficile et t'souvenir qu'elle était lapone avant d'la coucher sur l'plancher du bureau !

— Oh, elle en a bien pris sa part !

— Bien sûr, et elle continue. Ça pousse et ça s'épanouit dans son ventre. C'est seulement l'Niels qui prend plus sa part.

— Ça s'ra contre la volonté d'Jacob si j'dois partir.

— Le Niels y sait rien d'la volonté d'Jacob, mais moi j'la connais.

— Tu m'chasses par force !

Il s'écroula sur une chaise.

Dina s'approcha et lui caressa le bras. Pencha sa grande silhouette au-dessus de lui.

— On a seulement besoin d'toi le jour d'la noce. Après tu peux t'en aller — ou rester, dit-elle tout bas. Si tu restes, tu peux compter sur un salaire double, à cause de Stine.

Niels faisait oui de la tête en passant sa main sur son visage. Il avait perdu la bataille.

Une tragique silhouette allait et venait sur le gravier entre les maisons ce soir-là. Il ne voulait pas dîner. Mais Niels avait appris qu'il fallait avoir des garanties tant que la place n'était pas assurée. Chaque maître avait ses lois.

Les lois de Dina ne ressemblaient à aucune autre.

Niels avait montré une grande intelligence pendant plusieurs années. Il faisait preuve d'un talent certain pour se trouver des revenus personnels. Ces bénéfices n'apparaissaient pas dans les comptes.

Il arrivait que des pêcheurs ou des paysans viennent trouver Mère Karen ou Anders pour se plaindre de la dureté de Niels quand ils ne pouvaient pas rembourser leurs dettes.

En vérité, il arrivait aussi que Mère Karen paie la dette du pauvre diable pour que Niels le laisse en paix.

Il prétendait qu'il ne pouvait pas laisser courir le bruit qu'il remettait une dette, parce que alors tout le monde viendrait lui demander la même chose.

Mais Mère Karen payait.

Dina ne se mêlait pas de ces différends, tant que la dette était notée dans les livres.

Il arrivait cependant que Niels retienne des sommes qui n'étaient pas inscrites. Par accord verbal, comme disait Niels.

Dina pinçait les lèvres et disait :

— Un chiffre qu'est pas marqué dans les comptes, c'est pas un chiffre ! On peut pas le retenir.

Et Niels lâchait prise.

Il faisait attention ensuite de ne pas donner de sujet de plaintes.

Et le paiement était aussi bien caché que les trésors du ciel.

Tout le monde en effet avait oublié, même s'ils en avaient été témoins, que Niels avait entrepris de réparer des planches pourries dans le plancher du bureau. Sous la lourde table de toilette qui trônait, avec sa plaque de marbre, dans le coin derrière la porte.

Les servantes ne la déplaçaient jamais. Elle était si lourde. Elles se contentaient de laver autour. Passaient la serpillière sur le socle peint en bleu.

Avec le temps, une raie d'usure laissa le bois apparaître. Les billets de banque étaient en sécurité, placés sous la planche amovible. Dans une boîte en fer-blanc de bonne qualité. La fortune grossissait tranquillement.

Pour Niels, il n'y avait aucune différence entre jours fériés et jours de travail tant qu'il s'agissait de faire un bénéfice sur un achat ou une vente.

Stine avait disparu au moment où Benjamin devait se coucher. Il avait joué toute la journée avec les pelotes de laine de couleurs vives à l'étage des communs, parce que les servantes étaient en train de démonter un métier à tisser.

Elles commencèrent à s'énerver quand l'enfant, qu'on aurait dû venir chercher depuis longtemps, eut sommeil et devint casse-pieds.

On fit appeler Stine. On commença à la chercher.

Dina elle-même courait partout. Mais sans résultat. Il n'y avait pas l'ombre de Stine.

Au bout de trois jours, Dina la retrouva dans la petite cabane de pêcheurs d'où elle venait.

Tomas et Dina étaient venus en bateau pour la ramener. Stine était assise près de l'âtre en train de remuer la bouillie du repas quand ils arrivèrent. Le visage strié de larmes et de suie.

Tout d'abord elle ne voulut pas parler. Jetait seulement des regards peureux sur la famille réunie autour. Il y avait seulement une pièce dans la cabane. Aucun endroit où l'on pouvait parler tranquillement.

Mais quand son squelette ambulant de père toussota en la fixant avec douceur, elle finit par répondre.

— J'veux pas du Niels pour mari !

Elle préférait le châtiment et la honte plutôt qu'un contrat. Elle ne voulait pas être tourmentée toute sa vie par quelqu'un qui se serait senti obligé de l'épouser pour pouvoir rester à Reinsnes.

— Il est là depuis qu'il est devenu orphelin à quatorze ans ! ajouta-t-elle.

Avec un certain reproche dans la voix.

Je suis Dina. Je n'ai pas besoin de pleurer, car tout

est comme il se doit. Stine pleure. Je la porte en moi. Lourde ou légère. Comme je porte Hjertrud.

Ceux qui étaient dans la pièce entendirent Madame Dina de Reinsnes demander pardon. Plusieurs fois.

Le vieux père de Stine était assis dans un coin. Sa plus jeune sœur la remplaça auprès de la marmite. Un garçon presque adulte allait et venait avec du bois.

Personne n'essayait d'intervenir. A la fin ils se mirent à table. Devant une soupe aux harengs et des galettes. La table était grossièrement équarrie. Toute blanche de récurage, comme un os de baleine nettoyé par les intempéries. Les sentiments pesaient lourdement sur la tablée, comme une buée.

La nouvelle se répandit. Comme les étincelles d'un pin desséché enflammé. Il pouvait être content de ne pas se trouver dans les communs, Niels. Parce que là, on ne l'épargnait pas.

Stine avait éconduit Niels ! Cela fit une belle histoire. Niels se traînait, essayant de recouvrer son autorité. Les servantes le fuyaient. Les garçons l'évitaient. Il était comme pestiféré. La justice des opprimés était impitoyable.

Mais Stine revint à la ferme. Elle grossissait. Elle avait les joues roses et était fraîche comme une fleur, une fois passées les premières semaines de nausées.

Elle chantait des chansons à Benjamin et avait bon appétit.

Mère Karen conversait avec les visiteurs venus de tous les coins du monde et racontait ses voyages en Europe. C'était toujours les mêmes histoires, mais cela ne faisait rien.

Elles étaient toujours nouvelles pour les hôtes de marque qui les entendaient pour la première fois.

Et les autres s'habituaient à ces récits, comme on s'habitue au retour des saisons. Mère Karen adaptait ses histoires au niveau de culture et au caractère particulier de chaque personne. Elle savait toujours s'arrêter à temps.

Souvent, elle se retirait au moment du punch avec un soupir condescendant, laissant comprendre qu'elle aurait aimé être plus jeune et plus fringante.

C'est là que les doigts impitoyables de Dina prenaient la relève. La musique était là. Comme une libération. Une fièvre ! Envahissait toute la ferme, jusqu'aux champs. Jusqu'à la grève. Atteignait Tomas sur sa couche dure dans les communs. Apportant joie ou tristesse. Selon l'humeur de l'auditoire.

5

> Il nous faut certainement mourir, et nous serons comme les eaux répandues à terre et qui ne se rassemblent plus ; Dieu n'ôte pas la vie, mais Il désire que le fugitif ne reste pas banni de Sa présence. (2e Livre de Samuel, 14, 14)

Un jour le frère de Stine se retrouva dans la cuisine à Reinsnes. Il était habillé du simple costume des Lapons du littoral, fait de peau de renne, avec un bonnet bleu orné de rubans. Ses bottes en peau de renne étaient usées et trempées.

Il n'y avait plus de farine à la maison. Il s'était perdu dans la montagne en allant demander la charité à Reinsnes. Et il avait été surpris par un ours à Eidet.

Il avait eu tellement peur qu'un de ses skis s'était détaché et avait dévalé la pente. Il avait dû se frayer un chemin dans la neige profonde le reste du trajet.

Le garçon tenait ses mains devant lui comme si elles ne lui appartenaient pas. Il était petit et de stature grêle, comme sa sœur. Confirmé l'an passé, encore imberbe. Seulement du duvet par-ci, par-là, et une tignasse très noire retombant sur des yeux éveillés.

Oline vit tout de suite qu'il avait les mains gelées. Stine allait et venait en silence, en train de préparer quelque chose. Des chiffons de laine imbibés d'huile de foie de morue.

Stine était en train de bander les pauvres doigts

quand Dina entra dans la cuisine. Cela puait l'huile de foie de morue, la sueur et les vêtements mouillés. Le garçon était assis sur un escabeau au milieu de la cuisine. Désemparé, il se laissait soigner.

— Qu'est-ce qui s'passe ? demanda Dina.

Pendant qu'on lui répondait, l'odeur de Jacob, l'odeur de chair pourrie, sortit de l'appentis. Cela ne ressemblait à aucune autre odeur.

Dina empoigna le chambranle de la porte et s'y appuya lourdement, pour reprendre son équilibre. Puis elle alla vers le garçon et regarda ses mains. A cet instant, la puanteur de Jacob s'évanouit.

Elle resta là pendant que Stine le soignait. Le garçon versait quelques larmes. Tout était tranquille dans la cuisine bleue. On entendait seulement les planches grincer sous les pas de Stine quand elle se déplaçait.

Grâce aux soins de Stine, les plaies guérirent. Le garçon resta à la ferme jusqu'à sa guérison complète. On l'avait mis dans la chambre de Tomas.

Il ne pouvait rendre aucun service. Mais il se mit à parler au bout de deux jours.

Tomas se montrait assez distant envers cette amitié inattendue. Mais il découvrit que cela pouvait le rapprocher de Dina.

Dina demandait des nouvelles du frère de Stine. Elle le chargeait de transmettre des vœux de meilleure santé.

Tomas avait appris à Dina à tirer avec un fusil lapon bien avant qu'elle ne parte pour Reinsnes. Cela s'était passé en grand secret dans les champs au-dessus de Fagernesset, quand ils allaient rassembler les perdrix des neiges prises au collet. A la ferme, on devait leur faire croire que c'était seulement Tomas qui s'exerçait au tir.

Le commissaire faisait grande confiance au garçon, et pensait qu'il ne gaspillait pas la poudre.

Plus tard, le commissaire offrit le fusil à Tomas. Il avait participé à une battue où un ours féroce avait été tué. Ce dernier avait massacré trois moutons des troupeaux du commissaire.

Tomas reçut le cadeau comme une consécration. Il voulait devenir chasseur d'ours.

Le fusil avait été fabriqué à Salangen. Par un Lapon qui connaissait son métier. C'était l'objet le plus précieux que Tomas possédait.

Et chaque fois qu'il était question d'un ours, Tomas s'arrangeait pour participer à la chasse. Il n'en avait pas encore abattu un tout seul.

Dina avait appris à tirer, mais n'avait jamais pratiqué la chasse.

Le commissaire supportait que sa fille sache se servir d'un fusil à condition qu'elle n'en parle pas trop quand il y avait des invités.

Jacob, au contraire, trouvait que ce n'était pas l'affaire d'une femme que de se servir d'une arme à feu. La poudre était aussi précieuse que l'or !

Mais comme il avait dû accepter que Dina fume le cigare, il fut bien obligé d'accepter qu'elle continue à s'exercer au tir après son arrivée à Reinsnes.

Le canon du fusil était court. Le mécanisme en était simple mais imparfait, si bien qu'il demandait un tireur averti.

L'amorce de l'arme n'avait pas de couverture et la poudre vous volait dans les oreilles.

Mais Dina connaissait toutes les astuces. Sa dextérité et son œil étaient en accord parfait avec l'arme. On aurait dit qu'elle maniait la poudre avec autant de rapidité que les chiffres.

L'histoire de l'ours du frère de Stine devait être vraie. Plusieurs personnes l'avaient vu. Et tout semblait faire croire qu'il était en marche vers la montagne. En tout cas, il ne semblait pas encore prêt à hiberner. Un ours féroce. Pas de très grande taille.

Mais assez fort pour assommer deux moutons qui n'étaient pas rentrés des pâturages cet automne.

Un soir, Dina alla trouver Tomas dans les communs. Elle avait attendu qu'il soit seul dans sa chambre.

— On va à la chasse demain, Tomas. Faut qu'on attrape c't ours qui s'promène ! dit-elle.

— Ouais, l'idée m'en est bien venue. Mais Dina ! C'est pas ton affaire ! dit-il. J'vais trouver des gars...

— Tais-toi ! l'interrompit-elle. Personne sait c'qu'on va faire. On s'ra les seuls à prendre l'ours ! T'entends, Tomas ? On dira qu'on va poser des pièges.

Il se fit un silence.

Puis, il prit sa décision. Il fit un signe de tête affirmatif. Il était prêt à chasser l'ours tout seul pour être seul avec elle pendant des heures. De l'aube au crépuscule.

Ils rassemblèrent les pièges. Tomas cacha le fusil dans son sac.

Ils ne posèrent pas les pièges très loin de la ferme, car il y avait pas mal de perdrix cette année. Ils s'étaient arrêtés à la lisière du bois et ne semblaient pas être pressés d'arriver en montagne.

La neige était tombée tôt et recouvrait tout. Mais pas assez quand même pour aller à skis. Le terrain était trop accidenté et caillouteux. Une longue marche dans la neige demandait de gros efforts. Mais ils n'en parlèrent pas.

Les perdrix n'avaient pas encore changé de plumage, elles se détachaient nettement sur tout ce blanc.

Puis ils se mirent en route pour la chasse à l'ours.

Dina marchait légèrement penchée en avant, le regard fixé entre les arbres. Tomas allait devant, le fusil chargé.

Pendant des heures, ils fouillèrent la zone où l'ours avait été repéré. Mais ne découvrirent aucune trace. Ils ne l'entendirent pas non plus. A la fin, il fallut faire demi-tour, le jour commençait à baisser. Ils étaient fatigués. Tomas restait sur la déception d'avoir raté les traces de l'ours.

Ils retournèrent aux pièges pour, au moins, en rapporter les prises.

Tomas les décrochait et les mettait à sa ceinture.

Une perdrix s'était à moitié arraché l'aile en essayant de se dégager. Des gouttes rouge sombre s'enfonçaient dans la neige givrée. Une autre était encore vivante quand Tomas la prit. Les deux charbons ardents de ses yeux ronds clignotèrent sur eux une ou deux fois, puis Tomas tordit la petite tête sur son cou, et tout fut terminé. Les tourbières étaient recouvertes de givre. La buée de leur respiration laissait comme une trace de brume de gel dans l'air.

Ils n'avaient pas abandonné l'idée de l'ours, bien qu'ils soient descendus de la montagne. Ils marchaient sur la même ligne. A bonne distance l'un de l'autre.

En passant devant le piège à renards, ils y trouvèrent un lièvre. Sa patte arrière était très abîmée. Il arriva quand même à faire un bond quand Dina le libéra. Il chancelait entre les troncs des bouleaux et se cacha derrière quelques touffes. Tous les deux couraient derrière. Ce fut Dina qui le trouva.

Elle prit un bâton pour essayer de l'atteindre à la tête. Mais elle toucha l'arrière-train.

Il eut un sursaut avant de s'enfuir sur trois pattes. Mais une seconde après, il se retourna vers elle. Avec des gémissements d'enfant. Il s'avança vers elle sur ses pattes de devant, traînant son arrière-train. Pleurant dans l'air blanchi, rougissant lentement la neige autour de lui.

— Frappe ! dit Tomas quand il resta inanimé aux pieds de Dina.

Elle resta là, le montrant du doigt. La mort s'était déjà installée dans les yeux du lièvre.

Je suis Dina, qui suis dans la buanderie à Fagernesset pendant que la vapeur n'arrive pas à étouffer les cris de Hjertrud. La déchirure s'agrandit. Résonne dans les fenêtres. Tremble dans tous les visages. Cliquette dans les morceaux de glace du tonneau. Le monde entier est rose et blanc de cris et de vapeur. L'épluchage de Hjertrud se fait lentement. Par à-coups et avec une grande force.

— Frappe ! reprit Tomas.

Elle se tourna alors vers lui et le regarda comme si elle ne le connaissait pas. Tomas lui lança un coup d'œil étonné. Il retroussa les lèvres en un petit sourire.

Il avait enfin le dessus. Pour la première fois. Il visa et tira. Le coup était si fort qu'il souleva le lièvre. La tête et le petit corps se recroquevillèrent dans l'air devant eux. Un bruit doux et sourd.

Puis le silence revint. Et la fumée de la poudre les recouvrit. Dina se retourna. Des bouts de fourrure blanche traînaient au milieu de tout le rouge, écrabouillé. Tomas remit son fusil sur l'épaule. L'odeur âcre du sang était tenace.

Quand elle se retourna, l'homme, debout, la regardait. Avec un sourire d'initié.

Elle fut alors comme un lynx sautant à la gorge d'une grosse proie.

Le corps trapu de l'homme fit un bruit sourd en tombant sur la neige tôlée, sous le grand corps de la femme.

Tandis qu'ils roulaient l'un sur l'autre, elle lui déchira ses vêtements et le mordit au cou. Se ressaisissant enfin, il essaya de se défendre. Ils respiraient fort tous les deux.

A la fin, il resta sous elle sans bouger et la laissa faire. Elle mit son membre à nu et le frotta de ses mains froides tout en murmurant des mots incohérents qu'il ne saisissait pas. Il eut une grimace de douleur et se recroquevilla. Puis il ferma les yeux et s'abandonna.

Son membre se raidissait petit à petit et une tête rouge ardent montra bientôt son empressement. Dina avait des difficultés à se frayer un chemin dans tous les vêtements. Elle finit par employer son couteau pour les déchirer.

Tomas sursauta en voyant l'éclair de la lame. Mais elle ne fit que s'asseoir lourdement sur lui, s'ouvrant à son fer de lance. Et elle le monta. En une folle chevauchée.

Elle se soulevait sur les genoux et se laissait retomber de tout son poids avec un grognement.

Il sentait sa chaleur l'engloutir tout entier. De temps à autre, l'air glacé passait quand elle se soulevait. Des aiguilles de glace le transperçaient.

Il l'avait empoignée par les hanches, de ses mains ensanglantées, et la tenait bien fort. Bien fort.

Ses cheveux recouvraient son visage comme une forêt sombre.

Le ciel du soir l'éblouit quand il essaya de la regarder. Le lièvre éclaté était témoin. Rouge et blanc.

Quand tout fut fini, elle retomba — et resta couchée sur lui de tout son poids.

Son visage se mouilla lentement. Des gouttes tombèrent sur le cou de l'homme. Il ne bougea pas. Pas avant de l'entendre pleurer. Alors il chercha dans sa chevelure et aperçut un de ses yeux. Une faille béante.

Il se souleva sur un coude et de sa bouche chercha son front. Et lui non plus ne put retenir ses larmes. La neige avait fondu sous lui et il était trempé, le froid l'envahissait tout à coup.

Il tremblait, et ce tremblement se répercutait dans le corps de Dina en longs frissons. Le soleil avait depuis longtemps plongé derrière les montagnes. La neige tôlée laissait des aiguilles de glace dans les paumes.

Ils se levèrent et retournèrent à la maison, main dans la main, jusqu'à ce qu'ils soient si près qu'ils risquaient d'être surpris. Alors leurs mains se séparèrent. Ils n'avaient rien dit.

Il portait les perdrix. Elle portait le fusil. Le canon paisiblement dirigé vers le sol se mouvait au rythme de ses pas.

Quand ils arrivèrent à la ferme, Tomas se racla la gorge et dit qu'il aurait préféré prendre un renard. Il avait pris un renard noir l'année d'avant. Qu'il avait vendu à des commerçants russes pour un bon prix. Dix écus représentaient un revenu supplémentaire appréciable.

Elle ne répondit rien.

La lune s'était levée. Il était tard.

Hjertrud restait absente. Elle ne se laissait attirer nulle part, même un bref instant.

Tandis que Jacob ne faisait que ressasser les mêmes plaintes. Et vers cinq heures du matin, elle alla chercher le lièvre qui pendait sous le toit des communs, aiguisa un couteau et dépouilla ce qui restait de l'animal. Il n'y avait rien d'autre à faire.

Elle tira pour arracher la membrane et la peau glissa. Récalcitrante, mais enfin... Les membres écorchés, bleutés, se recroquevillèrent contre le corps inanimé quand elle lâcha prise. Comme pour se défendre encore contre le coup de grâce.

Elle coupa les membres et commença à dépecer. Elle avait si peu d'entraînement à ce genre de travail que cela n'allait pas vite. A chaque morceau détaché, ressemblant à n'importe quel morceau de viande de n'importe quel animal, le cri assourdissant faiblissait.

Le vent sifflait autour. Le couteau crissait sur les os et les cartilages. Le cri se faisait de plus en plus faible. Jusqu'au moment où Hjertrud apparut à ses côtés, la tête indcmne, et tout redevint merveilleusement calme.

Finalement, elle mit le lièvre dans l'eau froide. Il était recouvert d'une membrane bleutée qui luisait comme un arc-en-ciel à travers l'eau.

Elle mit le récipient avec le lièvre sous un couvercle et le posa sur un plan de travail dans le garde-manger. Nettoya la table. Recouvrit les déchets et la peau afin qu'aucun charognard ne s'y attaque.

Ses mains étaient gourdes d'effort et d'eau froide. Elle les réchauffa tout en les séchant, et se promena un moment à travers les pièces pendant que le jour se levait. Puis elle se déshabilla lentement et se mit au lit tandis que la ferme s'éveillait.

6

> Vous aimerez l'étranger, car vous avez été étrangers dans le pays d'Egypte.
> (Deutéronome, 10, 19)

Reinsnes était sorti de sa torpeur. Il était impossible de dire à partir de quel moment exactement. Mais Mère Karen pensait que le sens des responsabilités, enfin éveillé chez Dina, en était la cause. Et elle ne manquait pas de faire son éloge.

— Tu es une habile veuve de commerçant, chère Dina ! disait-elle.

Sans ajouter qu'on aurait également bien besoin d'une maîtresse de maison.

Mère Karen commençait à prendre de l'âge. Elle avait déménagé dans une chambre derrière le grand salon. Elle n'avait plus la force de monter l'escalier.

On fit venir un menuisier qui abattit une cloison entre les deux chambres du bas. Ainsi Mère Karen put y placer son lit et sa bibliothèque.

Ces meubles, ainsi qu'un vieux fauteuil baroque à haut dossier, lui étaient indispensables.

La clé était toujours sur la porte de la bibliothèque, mais Mère Karen était seule à la faire tourner dans la serrure.

On tapissa et on repeignit en couleurs claires. En fait, Dina fut d'une grande aide pour Mère Karen. On peut même dire que cela créa un certain contact entre elles, à un moment donné.

Le sens pratique de Dina et la faculté qu'elle avait de faire avancer les travaux enchantaient Mère Karen. Et elle pensait, comme bien d'autres fois auparavant :

« Si seulement elle pouvait montrer autant de sens pratique et d'énergie pour tout ce qui touche à Reinsnes ! »

Ou bien elle marmonnait pour elle-même :

— Si seulement Dina pouvait épouser un garçon bien !

Benjamin grandissait, et commençait à explorer Reinsnes. Il avait élargi son champ d'activité jusqu'aux hangars, jusqu'à la boutique et, sur la hauteur, jusqu'à l'étable d'été. Tenace comme une branche de saule, il se baladait accompagné d'Hanna, la fille de Stine. A la découverte du monde par-delà la maison blanche de la ferme. Toujours avec une ride profonde creusée entre les sourcils.

On ne lui avait jamais appris à dire maman, ou bien mère. Et il n'avait personne qu'il pouvait appeler père. Mais il ne manquait pas de bras pour le bercer.

Chacun avait son nom. Et sa propre odeur.

Il pouvait, les yeux fermés, deviner de qui venait l'odeur qu'il reniflait. Tout le monde était là pour lui. Qu'ils aient quelquefois autre chose à faire lui importait peu. Il trouvait toujours quelqu'un quand il en avait besoin.

Stine était la meilleure. Elle sentait les algues rincées par la mer et les myrtilles mûres de soleil. Elle sentait le linge séché dehors pendant la nuit. Ses mains étaient douces et calmes. Bronzées, aux ongles courts.

Ses cheveux noirs et raides étaient serrés sur ses tempes. Ils ne frisaient pas autour du front quand elle transpirait, comme les cheveux de Dina. La sueur de Stine était la meilleure. Comme des tiroirs d'épices grands ouverts. Meilleure que les fraises des bois derrière l'enclos.

Mère Karen connaissait beaucoup d'histoires et la bonté émanait de ses yeux. Les mots sortaient de sa bouche comme une brise douce. Elle ressemblait à ses fleurs. Qui poussaient en pots sur le rebord des fenêtres, et languissaient en hiver.

Dina était aussi lointaine qu'un orage en pleine mer. Il était rare que Benjamin aille la trouver. Mais ses yeux lui disaient à qui il appartenait.

Elle ne racontait pas d'histoires. Mais quelquefois elle lui serrait la nuque. Fort. Cependant il aimait bien ça.

Elle le mettait sur son cheval seulement quand elle avait le temps de l'accompagner en tenant le mors. Elle parlait calmement à Lucifer. Mais c'était Benjamin qu'elle regardait.

On disait que Hanna appartenait à Stine. Mais en réalité, elle appartenait uniquement à Benjamin. Elle avait des doigts potelés et des yeux comme des amandes écalées. Quand elle clignait des yeux, la frange de ses cils tremblait sur sa joue.

Benjamin avait quelquefois mal dans la poitrine en regardant Hanna. Il avait la sensation de quelque chose de déchiré à l'intérieur. Il n'arrivait pas à décider si ce qu'il ressentait était bon ou mauvais. Mais il le ressentait.

Un beau jour, un artiste peintre débarqua avec son chevalet, une malle en osier et une sacoche en toile pleine de tubes et de pinceaux.

Il désirait seulement saluer la maîtresse de Reinsnes qu'il avait rencontrée à Helgeland quelques années auparavant. Il avait demandé au commandant de l'attendre pendant qu'on l'amenait à la rame. Juste une visite rapide...

Le commandant l'envoya chercher, le départ étant déjà retardé d'une heure, tout le monde commençait à montrer de l'impatience.

Mais le commandant fut obligé de débarquer les bagages de l'homme. Le *Prinds Oscar* partit sans lui vers le nord. Car il était installé au fumoir et écoutait Dina jouer du violoncelle.

La dernière année, Dina avait plusieurs fois descendu son violoncelle quand il y avait des visiteurs.

Ce soir d'été aux couleurs de glace, les îles de Sundet semblaient flotter dans le ciel.

L'artiste peintre appelait cela un miracle d'éblouissement !

Une illusion d'optique ! Il lui fallait rester jusqu'au prochain bateau, parce que la lumière était comme de la soie et de l'albâtre à Reinsnes !

Mais bon nombre de bateaux passèrent avant qu'il ait donné son dernier coup de pinceau.

Ce curieux personnage devint un nouveau Lorch. Bien qu'il fût totalement le contraire de Lorch.

Il arriva comme un volcan en éruption un jour de juin. Parlait une sorte de suédois avec un accent étranger, et avait avec lui son propre rhum dans une cruche munie d'un robinet.

Ses cheveux et sa barbe, d'un blanc de craie, auréolaient un visage hâlé plein de rides. Son nez pointait en l'air comme une crête de montagne.

Ses yeux sombres et rapprochés étaient très enfoncés. Il semblait les avoir protégés contre la bêtise et la méchanceté de ce monde pour les réserver à un sort meilleur.

Sa bouche était rose vif, comme celle d'une jeune fille, avec de grosses lèvres sensuelles. Les commissures de sa bouche se retroussaient continuellement.

Ses mains étaient comme badigeonnées de goudron. D'un brun foncé. Fortes et sensibles à la fois.

Cet homme se promenait en chapeau de feutre noir

et en gilet de cuir en pleine chaleur. Le gilet portait une fente profonde sur la droite, à la place d'une poche. Elle servait à y mettre des pinceaux ou une pipe, selon les besoins.

Le rire de Pedro retentissait dans la maison et les communs. Et il parlait six langues. Du moins, à ce qu'il disait.

Mère Karen s'était bien rendu compte que ses connaissances en allemand et en français n'étaient pas excessives. Mais elle ne le démasqua pas.

Il s'était présenté sous le nom de Pedro Pagelli. Personne ne croyait à ce qu'il racontait sur ses origines. Parce que ses histoires et ses drames de famille changeaient de caractère et de contenu selon la position de la lune dans le ciel, ou selon les gens qui l'écoutaient autour de la table. Mais il avait l'art de raconter !

Ou bien il était d'origine romanichelle de Roumanie, ou alors d'une famille noble italienne. Ou encore venait de Serbie, d'une famille déchirée par des guerres et des trahisons.

Dina essaya de l'enivrer pour obtenir la vérité. Mais c'était comme si l'homme avait si bien appris ses incroyables histoires qu'il s'y laissait prendre lui-même.

Cela demanda un bon nombre de bouteilles de vin, dans le pavillon pendant la nuit, et dans le fumoir. Mais personne n'obtint jamais sa véritable histoire.

En revanche, ils eurent des tableaux. Pedro fit le portrait de tout le monde. Et il fit celui de Jacob d'après un autre tableau, si vivant, que Mère Karen s'exclama et offrit un verre de bon madère.

Un jour où il se trouvait avec Dina au quai d'Andreas pour chercher des toiles qui venaient d'arriver par le vapeur, il tomba en admiration devant le cône de lumière qui passait à travers les portes ouvertes au dernier étage.

— La Hjertrud, elle vient par là, dit Dina brusquement.

— Qui est Hjertrud ?

— Ma mère !

— Morte ? demanda-t-il.

Dina le regarda, étonnée. Puis son visage s'illumina. Elle aspira profondément et enchaîna :

— Elle a longtemps erré l'long de la côte. Mais maintenant, elle est là ! Elle entre par la porte du hangar et elle sort par la seine à harengs qui pend au premier. On descend tout l'escalier ensemble avant qu'elle disparaisse...

Pedro hochait la tête avec enthousiasme. Voulait en savoir plus.

— De quoi avait-elle l'air ? Etait-elle grande ? Aussi grande que toi ? Quelle était la couleur de ses cheveux ?

Dina lui montra le portrait de Hjertrud le soir même. Elle lui parla des plis de sa jupe. De ses cheveux qui avaient un épi sur le côté droit...

Il fut tellement séduit par Hjertrud qu'il déménagea dans l'entrepôt et la peignit toute vivante au milieu des filets de pêche. Il réussit à reproduire ses traits.

Il lui parlait tout en la faisant revivre sur la toile.

Le jour où Pedro était en train de finir le portrait de Hjertrud, Dina arriva à l'improviste.

— Tu as les yeux de quelqu'un qui prend soin de son âme, murmurait-il avec satisfaction, s'adressant à la toile.

Dina se tint d'abord droite comme un pilier derrière lui. Il ne l'entendait pas respirer et il prit cela pour un bon signe.

Il se retourna avec effroi quand il entendit derrière lui un roulement de tonnerre et sentit le plancher vaciller.

Dina, assise sur le plancher plein d'échardes, hurlait. Comme un loup abandonné et furieux. Sans retenue et sans vergogne. Un loup assis sur son derrière en plein soleil, psalmodiant son chant effrayant.

Finalement elle sembla se rendre compte de sa conduite inconvenante. Elle essuya ses larmes et se mit à rire.

Comme tous les clowns, Pedro savait que l'humour est le plus fidèle compagnon de la tragédie. Il lui laissa le temps de se reprendre. Se contenta de lui jeter un chiffon taché de peinture pour qu'elle s'essuie le visage.

Il continua jusqu'au dernier coup de pinceau. L'heure bleue était alors passée au blanc brumeux et les bruits de la ferme se transformaient en bourdonnement léger. Les ombres s'estompaient dans les coins comme des esquisses sur un vieux parchemin. Elles renfermaient les odeurs.

Le parfum de Hjertrud envahissait tout. Elle avait retrouvé son visage.

Hjertrud fut accrochée au mur du grand salon. Tous les visiteurs la remarquaient. Même Dagny.

— Une brillante œuvre d'art ! dit-elle avec bonne grâce, et demanda à Pedro de faire les portraits de la famille du commissaire.

Pedro remercia en s'inclinant. C'est avec joie qu'il ferait le portrait de Madame. Dès qu'il en aurait le temps...

Il peignit Dina et son violoncelle. Elle avait un corps verdâtre, et sans vêtements. Le violoncelle était blanc...

— C'est la lumière, expliquait Pedro.

Dina regardait la peinture avec étonnement. Puis elle hocha la tête.

— Un jour, je l'exposerai dans une grande galerie

à Paris, dit-il rêveusement. Il s'appelle « L'enfant qui tempère son chagrin », ajouta-t-il.

— Qu'est-ce que c'est que le chagrin ? demanda-t-elle.

L'homme lui jeta un regard rapide, puis il dit :

— Pour moi, ce sont toutes les images que je ne vois pas clairement... Mais que je porte en moi quand même.

— Oui, dit-elle. Ce sont les images qu'on porte.

Je suis Dina. Jacob est toujours à mes côtés. Il est grand et tranquille et traîne la jambe qu'ils n'ont pas pu lui enlever. L'odeur a disparu. Jacob ne disparaît pas, comme Hjertrud par moments. Il est comme un vapeur sans fumée. Il dérive tranquillement en moi. Pesant.

Hjertrud est un croissant de lune. Tantôt croissant, tantôt décroissant. Elle flotte en dehors de moi.

Pedro et Dina gardèrent pour eux « L'enfant qui tempère son chagrin ». Ils avaient l'intuition qu'il n'était pas à mettre sous les yeux des braves gens.

Le tableau fut emballé dans un vieux drap et rangé dans le cabinet où Jacob avait dormi. Derrière la vieille chaise longue...

Pedro ne supportait ni la neige ni le froid de l'hiver. Il se ratatinait. Paraissait vieux et patraque, comme un cheval malade.

Quand vint le printemps, ils crurent qu'il allait mourir de toux, d'éternuements et de fièvre. Stine et Oline le gavaient d'aliments fortifiants.

D'abord, l'homme faillit trépasser de toute cette nourriture. Puis il se remit petit à petit, et recommença à peindre assis dans son lit. On comprit alors qu'il était sur le bon chemin.

Mère Karen lui faisait la lecture des journaux à haute

voix, des lettres de Johan et de tout ce qui lui tombait sous la main.

Mais il ne voulait pas entendre parler de la Bible.

— La Bible est sacrée, grondait-il sombrement. Il ne faut pas y toucher en présence de mécréants !

Il était difficile de dire qui était le mécréant. Mère Karen choisit de ne pas prendre cela personnellement.

Benjamin se tenait souvent à la porte de la chambre, regardant le vieil homme avec toutes ses couleurs devant lui, sur un plateau. Il suivait avec enchantement la fumée de la pipe. Elle allait se poser sur les poutres du plafond entre chaque quinte de toux.

Le gamin restait à regarder jusqu'à ce qu'on lui fasse signe de s'approcher du lit, et une lourde main se posait alors sur sa tête.

Deux yeux rieurs rencontraient les siens. Alors Benjamin souriait. Et le regardait, plein d'espoir.

Et l'homme toussait, tétait sa pipe, donnait quelques coups de pinceau et commençait à raconter.

Benjamin préférait que Pedro garde le lit. Il savait alors où le trouver.

Dina ne pouvait pas le lui voler. Parce que Dina avait horreur des chambres de malade.

Pedro resta jusqu'à la fin septembre, l'année suivante. Puis le vapeur l'emporta.

Sur un seul coup de sirène, il disparut. Avec son chapeau noir et son gilet de cuir, avec ses couleurs et sa malle en osier. Et sa cruche de rhum avec un robinet. Qui avait été remplie à ras bord dans la cave de Reinsnes. Il méritait bien ce casse-croûte.

Je suis Dina. Tout le monde disparaît. « L'enfant qui tempère son chagrin » a disparu. J'ai décroché Hjer-

trud du mur. Ses yeux l'ont quittée. Je ne peux pas regarder un tableau sans yeux. Le chagrin, c'est les images qu'on ne peut pas voir, mais qu'il faut porter quand même.

7

> Le jonc croît-il sans marais ? Le roseau croît-il sans humidité ?
> Encore vert et sans qu'on le coupe, il sèche plus vite que toutes les herbes.
> (Livre de Job, 8, 11-12)

Le puéril secret de faire halte dans une grange, comme deux enfants fugitifs.

Tomas rassemblait des miettes et ne laissait rien perdre. Vivait sa vie solitaire dans les communs, parmi d'autres garçons avec qui il n'avait rien de commun.

Il avait sa récompense. Et travaillait pour deux pendant les récoltes. Comme s'il voulait lui prouver qu'il était un homme. Il ne cessait jamais de vouloir lui prouver quelque chose. D'un printemps à un autre. D'une chevauchée à une autre. D'une récolte à une autre.

Et au fur et à mesure, Tomas se mit à assumer la responsabilité des récoltes, du bétail, de l'étable et de l'écurie. Il rendit la présence du vieux vacher superflue. Il monta d'un grade avec la bénédiction de Dina.

Et Tomas rêvait. De Dina et de son cheval avec les limons vides, sans traîneau et sans époux. Il rêvait sa conscience.

Après, pendant longtemps, Lucifer eut les yeux de

Jacob. Des yeux qui posaient des questions sur Benjamin. Tomas semblait être condamné à tout supporter.

Quand Dina, pendant de longues périodes, l'ignorait, il croyait flairer une odeur de sorcière quand elle passait. Il la comparait à d'autres filles plus minces qu'il avait vues. Des filles aux poignets étroits et aux yeux pudiques.

Mais les rêves revenaient l'envahir et détruisaient ses défenses. Installaient le grand corps ferme contre le sien. Si bien qu'il pouvait enfouir son visage entre ses seins.

Chaque fois qu'il l'entendait aller et venir dans l'entrepôt, pendant des heures, il ressentait une sorte de tendresse.

Une fois il se glissa jusqu'au quai et l'appela. Mais elle le repoussa avec fureur. Comme on repousse les avances d'un garçon d'écurie trop entreprenant.

Tomas ne pouvait s'empêcher de scruter les traits de Benjamin. Son teint. Ses mouvements. Etait-ce là le fils de Jacob ?

Cela devint une idée fixe. Une pensée qui submergeait toutes les autres. Il voyait les yeux clairs et les cheveux noirs du gamin. Les traits de Dina. Mais mêlés à quoi ?

Une chose était certaine : l'enfant n'aurait jamais la forte stature de Dina et de Jacob.

Mais Johan non plus ne l'avait pas. Et Johan était le fils de Jacob...

Tomas attirait l'enfant. Gagnait sa confiance. Se rendait indispensable. Lui racontait qu'il ne fallait pas avoir peur de Lucifer, parce que ce cheval montait la garde au moment de sa naissance.

Benjamin venait souvent voir les chevaux. Parce que Tomas était à l'écurie.

Dina travaillait systématiquement à la découverte des chiffres cachés. Les chiffres ne disparaissaient pas d'eux-mêmes, comme pouvaient le faire les mots. Ils se trouvaient toujours quelque part, même si personne ne les voyait.

Les chiffres pouvaient être comme des agneaux égarés en montagne. Ils étaient là. Sous une forme ou sous une autre. Et il fallait bien que Niels les trouve ! Tôt ou tard. C'est lui qui avait la solution du problème.

Mais elle avait cessé de poser des questions. Elle cherchait seulement avec un regard de faucon. Dans les vieux livres de comptes et les papiers.

Elle surveillait toutes les transactions de Niels. A la fois ce qu'il achetait, et ce qu'il semblait obtenir gratuitement.

Jusque-là, elle n'avait trouvé aucune irrégularité. Les dépenses que Niels pouvait faire pour sa toilette étaient plus que modestes. Il vivait avec austérité, comme un moine. Il possédait une tabatière en argent, et une canne au pommeau d'argent. Toutes deux cadeaux d'Ingeborg, bien avant Dina.

Cependant Dina ne lâchait pas prise.

Comme si cette chasse aux chiffres avait une valeur en elle-même. Ce n'était pas l'argent en soi.

L'expert-comptable venu de Tromsø après la mort de Jacob lui avait appris les rudiments de la comptabilité la plus simple.

Le reste vint petit à petit, avec l'habitude. Il se trouvait que Niels s'occupait des affaires journalières, et elle contrôlait.

Tout marcha assez bien jusqu'au jour où elle commença à s'intéresser aux stocks. Pas seulement les réserves pour les caboteurs et pour les voyages à Bergen, mais aussi celles de la boutique.

Ce furent finalement les chiffres soignés de Dina qui apparurent dans les différents livres. Elle avait une grande écriture qui penchait vers la gauche, ornée de simples boucles. Elle était impossible à copier.

La quantité de sel et de farine, de mélasse et d'eau-de-vie devait être fixée. Peu de choses, réservées au ménage. Il fallait aussi calculer l'achat de choses aussi importantes que des cordages et des outils de pêche pour l'armement des bateaux, autant pour eux que pour les métayers.

Anders avait fini par s'adresser à Dina quand il avait besoin de passer une commande. Et ce fut justement cela qui envenima les relations entre les deux frères.

Niels restait à l'écart les jours où Dina se trouvait au bureau.

Un jour, il entra, se croyant seul, et la trouva assise derrière le bureau.

— Autant que la Dina prenne en charge tous les comptes, dit-il sombrement.

— Et qu'est-ce que l'bon Niels fera pendant c'temps-là ?

— La vérification des commandes de la boutique, et donner un coup de main, répondit-il vite, comme s'il s'était exercé à l'avance.

— L'Niels est pas d'ceux qui donnent des coups de main, dit-elle avec fermeté en claquant le livre de comptes.

Puis elle changea d'avis et le rouvrit, en soupirant.

— L'Niels est vexé. Il est vexé depuis longtemps. J'pense qu'il lui manque quelque chose...

— Ah ! et quoi donc ?

— La nouvelle fille de cuisine dit qu'tu la pinces, qu'tu la déranges — quand elle fait le lit dans la chambre...

Niels regardait de côté, furieux.

— L'Niels, y devrait s'marier, dit-elle avec lenteur.

Il fut pris d'une idée diabolique à ces mots. Son visage s'assombrit. Il montra un courage qui ne lui était pas habituel.

— C'est-y que la Dina fait sa demande ?

Elle le regarda interdite pendant un instant. Puis ses lèvres se retroussèrent sur une sorte de sourire.

— L'jour où Dina fera sa demande, celui à qui elle s'adressera aura pas besoin d'poser de questions ! Il aura qu'à répondre.

Dina signa quelque chose, le bout de la langue au coin des lèvres. Puis elle attrapa le bouton en argent du lourd buvard qui était toujours à portée de main. Le roula sur « Dina Grønelv ».

Sa signature fut absorbée. A l'envers, mais tout à fait nette.

Je suis Dina. Niels et moi, nous comptons tout à Reinsnes. Les chiffres sont à moi, où qu'ils se trouvent. Niels y est condamné. « L'esclave compte. Le maître regarde. » Niels ne donne rien à personne. Même pas lui-même. Il ressemble à Judas Iscariote. Condamné à être ce qu'il est. Judas a fini par se pendre.

Niels laissa les servantes en paix. Il vivait sa vie solitaire, au milieu de tous.

Il lui arrivait de regarder la petite Hanna qui passait près de lui en trottinant. Il ne la touchait pas. Ne l'appelait pas. Mais lui donnait de la mélasse qu'il prenait dans un tiroir. Rapidement. Comme s'il avait peur qu'on le surprenne.

Ou alors il marmonnait un ordre au commis, qui coupait un gros morceau de sucre et le mettait dans la petite main.

Hanna avait la peau dorée de Stine et ses yeux sombres. Mais si quelqu'un l'avait blessée, il était facile de voir qu'elle se retirait avec les mêmes mouvements que Niels. Comme un louveteau effrayé par sa propre horde.

Des histoires sur Dina revenaient aux oreilles du commissaire.

En général, il s'agissait d'anciennes histoires, qu'il prenait avec le plus grand calme. Mais un jour, quelqu'un lui murmura à l'oreille que les femmes de Reinsnes, Stine et Dina, vivaient comme mari et femme.

Le commissaire fut tellement exaspéré qu'il alla faire un tour à Reinsnes.

Dina l'entendit arriver à grand fracas, comme la tempête dans le ravin bleu en hiver.

Quand il arriva dans le salon, exigeant de lui parler seul à seul, il était radouci. Il ne trouvait plus ses mots.

Le sujet était extrêmement délicat. Il ne savait plus où se mettre.

Finalement il lâcha tout, dans un langage grossier, et frappa du poing sur la table.

Les yeux de Dina étaient comme deux pointes brillantes enfoncées dans ceux du commissaire. Il les connaissait bien. Et il cala.

Il pouvait voir ses pensées travailler dans sa tête, avant même qu'il eût fini.

Elle ne fit aucun commentaire. Ouvrit seulement la porte de l'office et demanda à la servante d'aller chercher Niels. Et elle fit appeler Stine, Oline, Mère Karen et Anders.

Niels se présenta, par respect pour le commissaire.

Il entra tranquillement et, en homme bien élevé, mit les mains derrière le dos après avoir dit bonjour.

Ses manches de lustrine retombaient continuellement sur ses poignets, et il était rouge de gêne.

Dina le regarda presque tendrement en disant :

— J'me suis laissé dire que l'Niels en sait un bout sur la vie qu'on mène, la Stine et moi. Qu'on est comme qui dirait mari et femme !

Niels chercha à reprendre sa respiration. Mais resta curieusement droit. Son col étroit le gênait tellement qu'il dut avaler sa salive. Pour se donner une contenance.

Le commissaire était plus que gêné. Les gens dans la pièce avaient le regard vide et les portes étaient ouvertes jusque dans la cuisine. La conversation fut plutôt courte. Niels niait. Dina était sûre de son fait. Elle l'écouta cependant patiemment quand il expliqua que tout cela n'était que des méchancetés pour semer la mésentente entre Dina et lui.

Tout à coup, Dina se pencha vers lui avec des yeux de glace. Et cracha sur la pointe de ses chaussures.

— C'est là qu'elle est, la méchanceté, j'crois bien. Grand bien te fasse !

L'homme était pâle. Il recula. Voulut dire quelque chose. Mais changea d'avis. Ses yeux allaient continuellement de Dina au commissaire, désemparés.

Niels était allé d'auberge en auberge et avait laissé tomber quelques mots. Et la manière dont on les avait interprétés ne laissait aucun doute.

Le commissaire mobilisa toute la puissance de son appareil contre Niels. Il fit en sorte que les fautes de Niels soient mises au grand jour. Son incapacité à gérer la boutique, sa lâcheté quand il s'agissait de reconnaître sa paternité. Son âpreté au gain. Son rêve de devenir maître de Reinsnes en épousant Dina. Et qu'il avait été tristement éconduit.

Une fois tout cela dit, Niels était un homme fini. Personne ne comprenait qu'il puisse même rester à Reinsnes.

Mais la paix s'installa entre Dina et lui. Il n'était plus un adversaire digne de ce nom.

Dina demanda à Oline de faire un gigot. Rose à l'intérieur, recouvert d'une croûte craquante. Elle fit monter du bon vin de la cave et invita à un repas de réconciliation toute la maisonnée et la famille du commissaire.

Niels refusa sans un mot. Il se contenta de ne pas venir.

Son couvert mis, et resté vide, prouvait bien à tout le monde qu'il n'en tenait qu'à lui.

Niels resta dans son bureau avec sa pipe et refusa de participer au festin.

En secret, Stine lui apporta un panier rempli de victuailles. Il ne la laissa pas entrer, et elle laissa le tout à l'extérieur.

Quand elle alla rechercher le panier avant de se coucher, tout avait été mangé et bu. Il ne restait que de la sauce et quelques bouts de garniture. Et le fond d'une bouteille.

Elle se glissa à la cuisine avec les restes. Oline ne demanda rien, la regarda seulement en coin en soupirant, et continua son travail.

On jouait du piano au salon. Les notes victorieuses arrivaient jusqu'à eux.

Un jour, Dina et Benjamin étaient en train d'aider Mère Karen à désembrouiller un écheveau de laine emmêlé par Hanna. Ils étaient dans la chambre de Mère Karen.

Benjamin demanda, en montrant les tableaux sur les murs, ce qu'était devenu l'homme qui avait habité chez eux et peignait des portraits.

— Il a écrit deux lettres, dit Dina. Il expose ses tableaux et il est content.

— Et où il est maintenant ?

— A Paris.
— Et qu'est-ce qu'il fait là ?
— Il essaie de devenir célèbre, répondit Dina.
Mère Karen décrocha le portrait de Jacob et laissa Benjamin le tenir.
— C'est Jacob, dit-elle solennellement.
— Lui qu'est mort avant qu'j'arrive ?
— Celui qui est ton père, murmura Mère Karen avec émotion. Je te l'ai déjà montré...
— Et comment il était, Dina ? demanda Benjamin.
Mère Karen faisait trop peur quand elle était émue, il valait mieux s'en tenir à Dina.
— C'était l'plus bel homme de la région. C'était l'enfant de Mère Karen, même s'il était grand et fort. On était mariés. Il est tombé dans la chute d'eau avant ta naissance.
Benjamin avait entendu les mêmes mots avant. Il avait vu une partie des gilets et des chemises de son père. Ils sentaient le tabac et la mer. A peu près comme Anders.
— C'est un malheur pour lui qu'il soit mort si jeune, dit Mère Karen en se mouchant dans un minuscule mouchoir bordé de dentelle.
Benjamin la suivait des yeux. Quand elle était comme ça, comme un petit oiseau, il avait aussi envie de pleurer.
— C'est pas un malheur pour ceux qui sont morts. C'est un malheur pour les vivants, dit Dina.
Mère Karen ne dit plus rien au sujet du malheur des morts.
Mais Benjamin comprit qu'il y avait bien d'autres choses à dire et grimpa sur ses genoux. Pour la consoler.
Il sentait Dina comme un grenier sombre, et se tint à l'écart le reste de la journée.

Dina ne lui parlait jamais tant qu'il jouait avec ses jouets sur le plancher, ou qu'elle allait le chercher dans le jardin. Elle ne faisait pas d'histoires s'il était allé au bord de l'eau sans permission.

Un soir d'été, après la conversation sur l'accident de Jacob, Benjamin vit Dina assise dans le grand sorbier du jardin.

Il s'était réveillé et voulait aller voir si les poules avaient pondu des œufs, il pensait que c'était le matin.

Elle était assise tout à fait sans bouger et ne le voyait pas.

Il oublia les œufs et resta planté près de la clôture à la regarder.

C'est alors qu'elle lui fit signe. Mais il vit bien qu'elle n'était pas tout à fait elle-même.

— Et pourquoi la Dina grimpe dans les arbres ? lui demanda-t-il quand elle descendit.

— La Dina, elle a toujours grimpé dans les arbres.

— Et pourquoi ?

— Ça fait du bien — d'monter un peu — vers le ciel.

Benjamin entendit que la voix de Dina était différente. Une voix nocturne.

— C'est vrai, comme elle dit Mère Karen, que l'Jacob habite au ciel ?

Dina le regarda enfin. Et il comprit que c'était ce qu'il attendait depuis longtemps.

Elle le prit par la main et l'emmena vers la maison. La rosée alourdissait l'ourlet de sa jupe. La tirait vers la terre.

— Le Jacob, il est ici. Partout. Il a besoin de nous.

— Et pourquoi on ne peut pas le voir ?

— Si tu t'assois sur l'escalier ici, juste ici ! Alors tu le sens un tout petit peu autour de toi. Pas vrai ?

Benjamin s'assit, ses petits poings bronzés posés sur les genoux, réfléchissant. Et hocha la tête affirmativement avec énergie.

Dina restait gravement à côté de lui.

Un coup de vent léger passa entre eux. Comme une respiration.

— C'est seulement ici sur l'escalier, Dina ? C'est seulement ici qu'il est ?

— Non ! Partout. Il a besoin de toi, Benjamin, dit-elle.

Comme si cette idée l'étonnait.

Puis elle lâcha sa main et rentra lentement dans la maison. Sans lui dire de venir avec elle, et d'aller au lit.

Benjamin sentit une grande et bonne nostalgie l'envahir.

Puis il traversa la cour nu-pieds jusqu'au poulailler. Là, ça sentait les graines et la crotte de poule. Il vit les poules installées sur leur perchoir et il comprit que la nuit n'était pas finie.

L'après-midi suivant, alors qu'il regardait les champs à travers la fenêtre de la cuisine, il dit tout à coup à Oline, d'une voix haute et fière :

— Regarde la Dina à cheval ! Sacrée bonne femme ! La Dina, elle va à une allure !

— A Reinsnes, les garçons disent pas « sacrée bonne femme », dit Oline.

— Et l'Jacob y disait pas « sacrée bonne femme » ?

— Le Jacob, c'était un homme.

— Il a toujours été un homme ?

— Non.

— Alors il disait « sacrée bonne femme » quand il était pas un homme ?

— Peuh ! fit Oline décontenancée, en frottant le dos de ses mains charnues sur son tablier. Y a trop d'monde pour t'éduquer. Tu resteras toujours un païen.

— Un païen, qu'est-ce que c'est ?

— Un qui dit « sacrée bonne femme » !

Benjamin se laissa glisser de l'escabeau et s'en alla.

Puis il traversa la maison et alla trouver Mère Karen. Là, il déclara solennellement qu'il était un païen.

Cette déclaration ne fut pas sans causer un certain émoi.

Oline, cependant, n'en démordait pas. L'enfant ne recevait aucune éducation. Il allait devenir un sauvage ! Juste comme sa mère.

Elle le regardait en clignant les yeux. Cela transformait tout son visage qui ressemblait à une pomme de terre desséchée avec plein de germes blancs pendant de chaque côté. Des mèches de cheveux s'échappaient toujours de son foulard.

Les nuits de pleine lune, quand le sommeil l'abandonnait, Dina restait dans le pavillon jusqu'à ce que tout rentre dans le calme et que tout le monde s'évanouisse dans la ligne entre le ciel et la mer.

Elle passait sa main à travers la chevelure ébouriffée de Jacob. Comme si rien ne les avait jamais séparés. Elle lui disait qu'elle avait envie de partir. Au-delà de la mer. Elle avait une sorte de rage dans le corps. Qu'il comprenait.

8

Dieu est grand, mais Sa grandeur nous échappe, le nombre de Ses années est impénétrable.
Il attire à Lui les gouttes d'eau, Il les réduit en vapeur et forme la pluie.
Les nuages la laissent couler, ils la répandent sur la foule des hommes.
Voici, Il étend autour de Lui Sa lumière, et Il se cache jusque dans les profondeurs de la mer.
(Livre de Job, 36, 26-28 et 30)

Les lettres de Mère Karen portaient la date de 1853. De temps en temps, le monde extérieur venait jusqu'à eux. Les jours où les journaux arrivaient par le vapeur. Louis Napoléon Bonaparte était devenu empereur en France. On disait que les monarchistes, les libéraux et les bonapartistes conservateurs s'étaient rassemblés autour d'un chef fort, pour combattre « le danger rouge ». Les vagues révolutionnaires s'étendaient de pays en pays.

Mère Karen avait peur que le monde soit en feu avant que Johan rentre au pays. Elle s'était fait beaucoup de soucis pour Johan ces dernières années. Il était tellement loin. Elle ne savait pas ce qu'il faisait. S'il passait ses examens. S'il reviendrait jamais.

Ses lettres ne lui apportaient pas ce qu'elle en attendait. Elle les lisait à haute voix à Dina pour obtenir consolation et commentaires.

Et Dina ne cachait pas ses sentiments.

— Il écrit quand il est fauché ! Il a dépensé le double d'son héritage. Mère Karen est bien trop bonne d'envoyer de l'argent de sa poche.

Elle n'avait jamais dit que Johan, une fois, lui avait promis d'écrire de Copenhague. Cela faisait bientôt neuf ans. Johan ne comptait plus. Si ce n'était sur le registre des pertes.

L'hiver commençait à battre en retraite et le dégel commençait en avril quand, en quelques jours, ils furent enfouis sous un mètre de neige, avec un vent violent qui balayait tout dans la mer.

Il laissa aussi beaucoup de veuves tout au long de la côte. La tempête ayant été suivie d'une période de gel, et les congères se dressant comme des murailles entre les fermes, on n'arriva pas à mettre les cadavres en terre avant juin.

La terre ne voulait pas dégeler. La pluie ne se décidait pas à venir achever l'hiver le plus long de mémoire d'homme.

Hjertrud ne se montra pas de tout le printemps. Dina allait et venait dans les entrepôts. Pendant des heures. Jusqu'à ce que le froid s'insinue sous la pelisse et emprisonne ses pieds dans un étau de glace, tellement gourds qu'ils retournaient d'eux-mêmes vers la chaleur.

Le printemps fut plus dur pour bétail et humains que l'hiver ne l'avait été. De sa chaire, le prêtre alla même jusqu'à prier le ciel d'envoyer le dégel, et on se lamentait sur le manque de pluie et le retard de la fonte des neiges au cours des veillées de prière en famille.

Les prières avaient rarement été formulées avec autant de ferveur, avec si peu de désir de nuire au voisin.

L'été vint à la mi-juin. Avec une vague de chaleur qui arriva comme un choc sur tout ce qui était vivant. Les bouleaux se tenaient bien droit sur leurs jambes d'écorce blanche à moitié enfoncées dans la neige. Leur frondaison, comme un voile inconvenant posé sur les branches élancées.

Ils oscillèrent légèrement d'abord, la nuit où le vent de sud-ouest se mit à souffler. Puis ils s'abandonnèrent. L'un après l'autre au long du flanc de la montagne. Se balançaient, emportés par le grand frémissement de la vie. Où tout allait si vite, si vite.

Puis arriva le dégel, et les inondations. L'eau recouvrait les champs, écumait dans le ravin. Emportait la route du col, se précipitait dans la même direction que Jacob et son traîneau avaient prise autrefois.

Puis tout se calma. Petit à petit. Une récolte tardive se mit craintivement à germer.

Hommes et bêtes commencèrent à sortir de leurs abris. Les bruits habituels de l'été se risquèrent à prendre la relève. Enfin, les journées furent saturées de soleil, de l'odeur du goudron et des lilas. Tardivement, mais d'autant plus bénéfique.

Je suis Dina. Les bruits arrivent jusqu'à moi comme de lointains appels ou des chuchotements gênants. Ou encore comme un bruit assourdissant qui dévore les tympans.

Je suis près de la fenêtre dans la salle à manger et je vois Benjamin qui joue au ballon dans le jardin. Je suis aspirée dans l'entonnoir de Hjertrud. En une spirale rapide. Je ne peux pas résister.

Voilà le visage de Lorch ! Si grand qu'il remplit la surface entière de la fenêtre, jusqu'au fjord, et encore au-delà. Benjamin est une petite ombre dans la pupille de Lorch, il y tourne à toute vitesse.

Lorch a peur ! Je le laisse entrer chez moi. On est le 7 juillet.

Une lettre de Copenhague arriva juste pendant la floraison tardive des lilas. Au nom de Dina, à l'adresse du commissaire. A l'écriture penchée et soignée.

Le commissaire l'envoya par un de ses garçons de ferme. Elle était courte. Comme si chaque phrase, gravée dans la pierre, avait coûté un gros effort.

> Ma très chère Dina !
> Me voici couché dans la métropole. Pour enfin mourir.
> Les poumons sont rongés. Je ne laisse rien derrière moi.
> Sauf des vœux pour toi. Chaque jour j'ai regretté d'être parti.
> Je n'ai ni la force ni les moyens de revenir. Mais le violoncelle est là, Dina ! Peux-tu te charger de le rapatrier ?
> Fais-le avec précaution ! Il est de grande marque.
>
> Ton fidèle Lorch.

Dina ne faisait que déambuler dans les entrepôts. Tous les trois, les uns après les autres. A tous les étages.

De toute la journée elle ne prêta aucune attention à Hjertrud. Jacob n'était qu'une spirale de poussière.

Elle hurla seule en toute tranquillité. Ses chaussures hachaient les heures en pièces. La lumière du jour était interminablement sans espoir. Se jetait à travers les petits carreaux des fenêtres sur le plancher.

Elle entrait dans le royaume des morts. Entrait et sortait des cônes de lumière. C'était un cauchemar et un beau rêve.

Puis, enfin, Lorch se pencha sur ses tempes.

Depuis ce jour, elle retrouvait toujours Lorch quand elle avait besoin de calme.

Il était dans la mort ce qu'il avait été dans la vie, timide et gauche.

Chaque année, à la floraison des lilas, il se promenait sur les sentiers du jardin nouvellement recouverts de débris de coquillages. Entre les plates-bandes bordées de gros galets égaux. La mer les avait polis et formés, léchés et rejetés.

Lorch était là. Elle les avait tous réunis à Reinsnes. Lorch aussi. Il était à elle. Cette découverte était comme un grondement de la mer. Un son de violoncelle mélancolique. Des tons de basse venant des éboulis et de la montagne. Une impression de désir et de besoin sans retenue.

9

> A chaque fête, le gouverneur avait coutume de relâcher un prisonnier, celui que demandait la foule.
> Le gouverneur, prenant la parole, leur dit : « Lequel des deux voulez-vous que je relâche ? » Ils répondirent : « Barabbas ! »
> (Evangile selon saint Matthieu, 27, 15 et 21)

Sur la liste des passagers publiée dans le journal *Tromsø Stiftstidende* on pouvait lire que le *Prinds Gustav* avait ramené de Trondheim, en première classe, Johan Grønelv, titulaire d'une maîtrise en théologie.

Mère Karen était folle de joie, et s'essuyait les yeux.

Les lettres s'étaient faites rares ces derniers temps. Mais on savait qu'il avait enfin passé ses derniers examens.

Il n'était jamais revenu à la maison pendant toutes ces années. Mais il avait écrit à Mère Karen qu'il reviendrait à la maison pour réfléchir à des choses simples et raisonnables et se reposer de toutes ces années passées le nez dans un livre.

Si Dina redoutait le retour de Johan, elle le cachait bien.

Le théologien avait tout juste fait allusion, dans sa dernière lettre, au fait qu'il avait, avec une certaine réticence et conscient de son manque de modestie, posé sa candidature pour une cure dans le Helgeland. Mais sans dire exactement où.

Dina pensait qu'il aurait dû essayer d'avoir une paroisse dans le Sud. Elles étaient plus lucratives, ajouta-t-elle, en fixant Mère Karen droit dans les yeux.

Mais les paroisses lucratives importaient peu à Mère Karen. Elle essaya de se rappeler son aspect, sa façon d'être la dernière fois qu'elle l'avait vu. Mais ses pensées se paralysèrent. La mort de Jacob prit une plus grande importance. Elle soupira et feuilleta ses lettres. Se prépara soigneusement à le recevoir tel qu'il était devenu : un homme et un théologien.

Je suis Dina, qui connais un garçon aux yeux apeurés. Le mot DEVOIR est inscrit sur son front. Il ne ressemble pas à Jacob. Il a des cheveux blonds et raides pleins d'eau de mer, et des poignets fins. J'aime son menton. Il a une fossette et ignore le devoir inscrit au front. Quand il viendra, il aura un visage étranger pour se cacher de moi.

Mère Karen et Oline préparaient une réception somptueuse. Le doyen était invité avec sa famille ! Ainsi que le commissaire. Tous les gens importants !

On allait tuer un veau, et servir du bon madère. On passa en revue l'argenterie. Ainsi que les nappes et la vaisselle.

Oline dirigeait les préparatifs avec une joyeuse autorité. On allait fêter le fils de Jacob !

Elle prit Benjamin en main et lui apprit à s'incliner devant son frère aîné.

— Ainsi ! commandait-elle, et claquait des talons comme un général.

Et Benjamin l'imitait avec sérieux et précision.

Mère Karen supervisait l'installation de la chambre mansardée du sud, celle dont elle avait déménagé. On n'avait pas le temps d'y faire les transformations qu'elle aurait souhaité faire.

Elle insista en tout cas, malgré les sourcils froncés de Dina, pour déménager de la salle deux fauteuils en cuir repoussé. Et la bibliothèque en acajou, avec ses rosettes en ivoire aux poignées, fut transportée de sa propre chambre dans la chambre du jeune théologien.

Les hommes, Tomas en tête, tiraient et poussaient tandis que Mère Karen, installée sur une chaise dans l'entrée, commandait de sa voix claire.

Elle faisait l'effet d'un léger coup de fouet sur la nuque des hommes qui transpiraient et soufflaient.

— Doucement maintenant, cher Tomas ! Non, non, fais attention aux lambris ! Tourne lentement là, oui ! Attention que les portes vitrées ne s'ouvrent pas !

Finalement, quand elle eut obtenu ce qu'elle voulait, Dina l'aida à monter l'escalier pour passer l'inspection.

Ou bien c'était l'âge qui lui avait joué un tour, ou bien c'était la chambre qui avait rétréci en longueur et en largeur, pensa-t-elle.

Dina dit carrément qu'il n'y avait pas de place dans la chambre du sud pour les meubles somptueux que Mère Karen trouvait dignes d'un prêtre !

Mère Karen ravala ses mots et s'assit sur la chaise près de la porte. Puis elle dit à voix basse :

— Il aurait dû avoir la salle...

Dina ne répondit pas. Mit ses mains sur ses hanches et réfléchit en regardant autour d'elle.

— On va lui mettre le secrétaire qui est dans la salle, et le fauteuil qui va avec. Ça ira bien avec la bibliothèque. Et on remet en place ces deux fauteuils, là où ils étaient...

Mère Karen laissa son regard perdu errer d'un mur à l'autre.

— La pièce est vraiment trop petite...

— Il ne va quand même pas rester dans cette chambre tout le temps ? Il va bien habiter toute la maison, Mère Karen ? Il a besoin d'une bibliothèque, d'une chaise, d'une table et d'un lit. Puisqu'il est seul, j'veux dire.

Et ainsi fut fait. Mais Mère Karen voyait bien qu'un théologien aurait dû habiter la salle quand il revenait chez lui.

Le vent de sud-ouest soufflait avec de la pluie.

Le vent couchait les branches molles des quatre mélèzes, avec le vieux pigeonnier au milieu.

Les rosiers d'Ingeborg subissaient un véritable dressage le long du mur et autour du pavillon. Et la fierté de Mère Karen, la plate-bande de lis, avait l'air d'avoir été passée à la lessive pendant des heures.

Le vent avait rabattu trois fois la fumée du four. Oline était le jugement dernier en personne, laissant émaner des effluves de soufre suivis d'imprécations, de pleurs et de plaintes.

Les servantes rasaient les murs et oubliaient d'une minute à l'autre ce qu'elles avaient à faire. Car lorsque Oline, une ou deux fois l'an, perdait son sang-froid, c'était toujours pire que la fois précédente.

Anders passa en vitesse par la cuisine pour prendre un peu de café, après avoir dirigé la mise à l'abri des bateaux.

Quand il vit ce qui se passait, il remarqua avec bonhomie :

— Un beau jour, Oline va se casser en deux de colère. Mais ça fait rien, y en a largement assez pour en faire deux !

— Ouais, mais seulement avec une jambe et un bras de chaque côté pour te servir ! Bouge-toi, espèce de chat de salon ! répliqua-t-elle en jetant son sabot après lui.

Mais il eut son café. C'était la règle. Contre deux brassées de branches de bouleau.

Les hommes avaient mis les bateaux à l'abri et avaient tout attaché sur les quais.

Une misérable guenille de drapeau pendait au mât, le plus gros du bleu était arraché. On aurait dit que quelqu'un avait hissé un pavillon de pirate pour se moquer.

Le pire, c'était la pluie. Elle tombait en si grande quantité et faisait un tel bruit sur les toits et les gouttières que cela mettait les nerfs de Mère Karen à l'épreuve.

Dans les communs, on découvrit une fuite. Hommes et femmes se précipitèrent avec des récipients pour mettre les draps et les coffres à l'abri.

Tomas était à plat ventre sur le toit. Essayait de fixer de nouvelles ardoises sur les dégâts, mais fut bientôt obligé d'abandonner la partie.

A Sundet, le *Prinds Gustav* avait peiné pendant des heures, sans arriver à avancer vraiment.

On le surveillait au milieu de l'affairement. N'était-il pas plus près maintenant ? Oui, vraiment, on avait l'impression que ça avançait.

On avait discuté pour savoir s'il fallait descendre le malheureux drapeau. Mais c'était le seul qu'on avait. Mère Karen s'y opposa formellement. Le vent avait emporté la moitié du drapeau, cela personne n'y pouvait rien. Mais un mât nu était une offense.

Niels voulait envoyer Tomas emprunter un drapeau chez des métayers voisins.

Mais Dina s'y opposa. Johan serait arrivé avant le retour de Tomas, et on n'aurait alors plus besoin de drapeau.

Benjamin était déjà sorti deux fois sans ciré pour guetter le vapeur, et on avait dû le changer des pieds à la tête.

La deuxième fois, Oline cria dans toute la maison

que cet enfant était un sauvage, et que Stine ferait bien de mieux le surveiller.

Mais Benjamin répondit, d'une voix haute et claire :

— Non, Oline, le Benjamin, c'est un païen !

La petite Hanna hochait du bonnet avec sérieux, et l'aidait à déboutonner ses innombrables boutons ici et là. Leur affection et leur solidarité étaient inattaquables. Hanna trottait derrière quand il allait devant. S'il tombait dans le ruisseau, Hanna y tombait aussi. S'il se couronnait le genou, c'était elle qui pleurait. Si Oline pensait que Benjamin était un païen, elle pleura jusqu'à ce qu'Oline admette qu'elle était aussi païenne que lui.

Les sons du violoncelle traversaient les portes, les fenêtres et les fentes. Se mêlaient aux rafales de vent qui allaient et venaient.

La pluie était une harpe d'eau qui jouait sa propre mélodie.

Dina se tenait au milieu de tout cela, la maison sens dessus dessous et toute la ferme en mouvement comme de la crème dans une baratte. Elle ne se mêlait pas au vacarme. Elle ne semblait pas troublée par le chaos.

A certains moments, les grands sentiments paraissaient nécessaires, semblait-il. Quand le vapeur sera tout près, ils l'appelleront. Ils martèleront l'escalier, feront crisser le gravier, secoueront les casseroles à la cuisine et à l'office, et claqueront les portes.

Puis tout deviendra silencieux dans la maison pendant qu'ils accueilleront le fils de Jacob sur la rive. Même quand les cris de joie et la sirène du bateau ne seront plus que des bruits lointains apportés par la tempête, ils lui parviendront nettement.

Il semblait que c'était le moment qu'elle choisirait. Pour alors descendre l'allée et agiter la main en signe de bienvenue. A bonne distance des autres. Afin de le rencontrer seul et de pouvoir constater qui il était devenu.

Mais rien ne fut comme ils l'avaient prévu, même s'ils avaient pris en considération et la tempête et les retards.

Le *Prinds Gustav* avait donné son coup de sirène bien connu avant de continuer sa route. Anders et Niels étaient eux-mêmes allés chercher le fils prodigue. Et un des garçons de ferme ayant attrapé la proue de la barque était en train de la tirer sur la rive entre les pierres.

La pluie s'était calmée et Dina était en place devant la porte, le regard fixé sur l'allée.

Johan suivait ses malles et, souriant, saluait de son chapeau tous ceux qui se pressaient entre les entrepôts et les pierres. Il avait à ses côtés un homme brun de haute stature habillé d'un ciré de cuir.

Au bord de l'eau, les foulards, les châles et les jupes faisaient courageusement obstacle au vent du nord-est. Au-dessus, dans le ciel en furie, les nuages passaient à une allure vertigineuse.

C'est alors que la foudre tomba. Des flammes. Rouges, épaisses et malfaisantes.

— Le toit de l'étable brûle ! cria le garçon de ferme.

Dans le désordre qui suivit, personne ne savait ce qu'il fallait faire.

Mais, théologien ou pas, *Prinds Gustav* ou pas, on avait autre chose à faire !

Les gens coururent vers l'étable, aussi vite que possible. Leurs bras et leurs jambes passablement enchevêtrés.

Tomas fut immédiatement sur l'arête du toit, une hache à la main. Noir de suie, à coups de hache furieux, il taillait dans les planches enflammées. Et les jetait à terre dans un tourbillon d'étincelles. Personne ne savait d'où lui venaient ses forces et sa présence d'esprit. Personne ne lui en avait donné l'ordre.

Dina se trouva tout à coup au milieu de tout le monde et donnait des ordres brefs.

— Anders : Les bêtes ! Les chevaux d'abord ! Niels : Des voiles mouillées sur le foin ! Evert : Va chercher d'autres haches ! Gudmund : Ouvre la grille. Les filles : Allez chercher chacune un seau !

Les mots claquaient dans le vent et le pétillement du feu sur le toit. Elle se tenait debout, les jambes écartées et les cheveux en un enchevêtrement noir.

Sa large jupe de mousseline de laine bleue était comme une voile qui pressait son corps contre le vent.

Ses yeux étaient froids et concentrés. Ils étaient fixés sur Tomas, comme si elle pensait le maintenir debout rien qu'en le regardant.

Les mots sortaient d'une voix rauque. Grave et agressive.

Petit à petit, d'autres grimpèrent l'échelle que Tomas avait posée sur le pont menant à l'entrée de la grange, et apportaient leur aide.

La pluie, qui les derniers jours avait été une véritable catastrophe en mer et sur terre, s'était complètement arrêtée. Le vent était plein d'une sournoise malfaisance.

Ils devaient sans arrêt apporter des voiles et des sacs mouillés pour étouffer les étincelles qui trouvaient tout le temps quelque endroit sec à attaquer.

Plusieurs fois, des planches ou des bâtons enflammés étaient tombés dans le foin sec, menaçant de mettre le feu à toute la récolte.

— Anders ! Attention à la grange. Garde les voiles mouillées prêtes ! cria Dina.

Les gens se rassemblaient en vitesse là où on avait le plus besoin d'eux. Les seaux qui, plus tôt dans la journée, avaient été rassemblés dans les communs pour recueillir l'eau du toit, furent utilisés. D'autres arrivèrent de la cuisine et de la cave.

Fort heureusement, tout était détrempé à l'extérieur. L'herbe et les murs des bâtiments. Repoussant les étincelles, grésillant et bouillonnant.

— On dirait que Notre-Seigneur en veut aux toitures aujourd'hui, murmura Anders en passant devant Dina, portant péniblement sur son épaule une voile mouillée.

Mais elle ne fit pas attention à lui.

Le *Prinds Gustav* fut immédiatement mis à l'ancre et des embarcations mises à la mer. Rapidement l'équipage et les hommes parmi les passagers remontèrent l'allée pour venir à l'aide.

L'étable était le bâtiment le plus éloigné de la côte. En dehors de la cour de la ferme. Cela faisait loin pour aller chercher de l'eau de mer pour éteindre l'incendie.

Certains étaient allés chercher l'eau au puits qui se trouvait entre l'étable et la ferme. Mais cela prenait du temps, avec un seul seau à la fois, et ne servait pas à grand-chose.

Ils firent la chaîne, hommes et femmes. De la rive jusqu'en haut. Mais ils n'étaient pas assez nombreux pour faire une chaîne serrée et ils devaient courir quelques mètres les uns vers les autres.

Mais bientôt, les seaux passèrent de main en main à travers champs jusqu'au pont de la grange.

L'aide de l'équipage se montra efficace. On entendait des grossièretés. A la fois des jurons et des bravos.

Le commandant et son second participaient. Ils avaient enlevé leur vareuse et leur casquette et s'étaient mêlés à la foule ondulante.

Le machiniste était anglais et parlait son baragouin auquel personne ne comprenait grand-chose, d'une voix puissante. Mais il avait les épaules et la nuque d'un morse et l'habitude de mettre la main à la pâte.

Il y avait maintenant trois autres hommes sur le toit avec Tomas. Ils avaient une corde autour de la taille et se déplaçaient d'une curieuse manière tanguante, à la merci d'une rafale de vent et de leur propre résistance. Deux munis de hache et deux recevant les seaux.

Les haches se montrèrent les plus efficaces. Un quart de la couverture, à l'est, fut bientôt enlevé et gisait incandescent sur le sol.

Le vent eut prise petit à petit sur le foin qui était sous la toiture encore intacte et qui n'avait pas été recouvert de voiles mouillées.

Les bottes de foin commencèrent à se déplacer comme par enchantement. En formation d'entonnoir. En mouvement régulier où il semblait que chaque brin de paille avait reçu un ordre en même temps. Hors du bâtiment sans toit, et droit vers le ciel. Faisant une pirouette au-dessus de la cour et prenant la direction du sud par à-coups au-dessus des champs jusqu'à la mer.

— Niels ! Le foin ! Encore des voiles !

Les ordres de Dina s'entendaient si bien, malgré le vent, que le commandant leva la tête un instant, étonné.

Niels était occupé ailleurs et n'entendit pas l'ordre. Mais d'autres l'entendirent. Les voiles arrivèrent et le foin fut retenu en place.

Les heures passaient sans que personne n'y fasse attention.

Le *Prinds Gustav* était là-bas, seul et déserté.

Hanna et Benjamin couraient partout et s'imprégnaient de tout ce qui se passait avec avidité, les yeux aux aguets. La boue et la crasse avaient depuis longtemps recouvert leurs jambes et taché leurs vêtements du dimanche d'une manière catastrophique. Mais personne ne s'en préoccupait.

Quand tout sembla être sous contrôle, et que seules quelques petites colonnes de fumée sortant des planches sur le sol rappelaient qu'on avait évité un grand incendie, le regard de Dina lâcha le toit de l'étable. Elle tourna alors son corps endolori et courbatu, et déposa son seau.

Ses épaules retombèrent comme si on lui avait coupé le souffle. Son dos s'arrondit.

Elle rejeta ses cheveux en arrière comme un cheval qui veut voir le soleil. Il y avait une large déchirure bleue dans le ciel.

Elle rencontra alors un regard étranger.

Je suis Dina. Mes pieds sont des piliers dans le sol. Ma tête est sans poids et reçoit tout : les bruits, les odeurs, les couleurs.

Les images bougent autour de moi. Les gens. Le vent. Une odeur piquante de bois brûlé et de suie. D'abord il y a les yeux, sans tête ni corps. Comme faisant partie de ma fatigue. Dans lesquels se reposer.

Je n'ai jamais rencontré un tel homme. Un pirate ? Non ! Il vient du livre de Hjertrud ! C'est Barabbas !

Où ai-je été si longtemps ?

10

> Oh ! que n'es-tu mon frère, allaité des mamelles de ma mère !
> Je te rencontrerais dehors, je t'embrasserais, et l'on ne me mépriserait pas.
> Je veux te conduire, t'amener à la maison de ma mère ; tu me donneras tes instructions, et je te ferai boire du vin parfumé, du mout de mes grenades.
> (Cantique des Cantiques, 8, 1-2)

Ses yeux étaient très verts. Dans un visage aux traits grossiers, avec une barbe d'une journée. Le nez pointait vers le monde, sûr de lui, les narines larges en forme de charrue.

Elle n'avait pas besoin de baisser la tête pour rencontrer son regard. Son visage était basané et marqué d'une grande cicatrice blanche au-dessus de la joue gauche. On pouvait le trouver à la fois effrayant et laid.

Sa bouche était grande et grave. L'arc des lèvres était joliment dessiné. Comme si le Créateur avait voulu l'adoucir d'un trait.

Ses cheveux bruns, mi-longs, étaient humides de sueur, et gras. Le plastron de sa chemise avait dû être blanc autrefois, mais il était trempé et plein de taches de suie. L'une des manches était déchirée et pendait autour du bras comme chez un clochard.

Il avait autour de la taille une haute ceinture qui retenait ses larges pantalons de cuir. L'homme était maigre et osseux comme un bagnard. Il tenait une hache dans la main gauche.

C'était Barabbas, remis en liberté. Il la regardait maintenant. Comme s'il allait frapper...

Tomas et l'étranger avaient manié la hache ensemble. L'un parce qu'il savait ce qui était en jeu. Pour Reinsnes. Pour Dina.

L'autre parce qu'il avait échoué par hasard sur cette presqu'île et avait rencontré un incendie qu'il s'était amusé à éteindre.

— On y est arrivé ! dit-il simplement.

Il était encore essoufflé par l'effort. Sa poitrine puissante travaillait comme un soufflet de forge.

Dina le regardait fixement.

— Es-tu Barabbas ? demanda-t-elle avec sérieux.

— Comment cela ? répondit-il avec autant de sérieux.

On entendait à son accent qu'il n'était pas norvégien.

— J'vois que t'es relâché.

— Dans ce cas, je dois être Barabbas, dit-il en lui tendant la main.

Elle ne la prit pas tout de suite. Il resta debout.

— C'est moi, la Dina Grønelv, dit-elle en prenant finalement sa main.

Elle était moite de sueur, et sale.

De grandes paumes avec de longs doigts. Mais à l'intérieur, elle était aussi douce que la sienne.

Il fit un signe affirmatif comme s'il savait déjà qui elle était.

— T'as pas exactement l'air d'un forgeron, dit-elle en pointant le menton vers sa main.

— Non, Barabbas n'est pas un forgeron.

Les bavardages et les murmures autour d'eux allaient bon train, il ne s'agissait que d'une chose. L'incendie !

Dina s'arracha à son regard et se retourna lentement vers les gens. Ils étaient bien trente en tout. Puis elle cria avec une voix qui exprimait un certain étonnement :

— Merci ! Merci tout le monde ! Maintenant, on a bien gagné de quoi manger et de quoi boire ! On va dresser des tables dans les communs et dans le grand salon. Faites comme chez vous, tout le monde est invité !

A cet instant, Johan s'avança vers Dina et lui tendit la main. Avec un grand sourire.

— En voilà une fête de bienvenue ! dit-il en lui donnant une rapide accolade.

— C'est le moins qu'on puisse dire ! Sois le bienvenu, Johan ! Comme tu vois, on survit.

— C'est M. Zjukovskij. Nous nous sommes rencontrés sur le bateau, ajouta-t-il en faisant un geste vers l'homme.

L'étranger lui tendit la main à nouveau, comme s'il avait oublié que c'était déjà fait. Cette fois, il sourit.

Non, Barabbas n'était pas un forgeron.

Vers le soir, le vent tomba. Les gens rentrèrent chez eux. Mais le *Prinds Gustav* était toujours à l'ancre. Déjà en retard de plusieurs heures.

On organisa un tour de garde. Pour plus de sûreté. On espérait que la pluie avait cessé pour de bon. A cause du foin.

Anders et Tomas parlaient d'aller dès le lendemain à Strandstedet pour chercher des matériaux et de la main-d'œuvre. Il fallait reconstruire le toit.

Le commissaire et Dagny étaient arrivés quand l'incendie était déjà éteint. Il gronda avec bonhomie parce que la propriété n'était pas assurée. Dina répondit calmement qu'elle allait y penser pour l'avenir. Cela ne se termina pas en dispute, car le doyen et le théologien s'en mêlèrent.

Mère Karen trottinait comme une perdrix. Comme par miracle, elle ne s'était pas sentie aussi bien depuis longtemps.

Oline était restée seule avec tous les préparatifs, parce que les servantes participaient à la chaîne. En contrepartie, elle eut plusieurs heures en plus devant elle.

Et Oline avait l'habitude de se débrouiller seule.

Le veau rôti entier était parfait, bien qu'elle ait fait la navette, paniquée, entre la cuisine et l'énorme four à pain dehors. C'était en fait une cheminée fermée par des portes modernes en fonte. C'était là qu'elle avait fait rôtir le veau.

On l'avait transporté de la buanderie dans un tonneau sous la pluie diluvienne, juste avant le coup de sirène du *Prinds Gustav*.

Et en plein drame, il ne restait plus que la claudicante Mère Karen pour l'aider à le ramener.

Elles avaient toutes deux vite compris qu'un repas de fête n'était pas à envisager avant un bon moment.

Oline avait continuellement arrosé le veau de jus et de graisse, pour qu'il ne se dessèche pas. Elle entretenait le feu doucement et avec beaucoup d'amour.

De toute façon, elle ne pouvait préparer la sauce qu'au dernier moment. Et avant, il fallait encore qu'elle se calme. On ne pouvait pas faire une sauce sans grumeaux avec un cœur qui battait la chamade.

Elle avait rabattu les côtes et ficelé les flancs autour des rognons avant de le mettre au four. Les rognons étaient sa fierté. Ils seraient servis avec. Coupés avec un couteau bien aiguisé, comme les meilleurs morceaux.

Les baies de genièvre étaient écrasées sur une

planche et parfumaient la pièce. En réalité, le genièvre était réservé au gibier. Mais le rôti de veau d'Oline n'était pas un rôti de veau ordinaire. Il demandait des baies de genièvre et autres miraculeuses épices.

La gelée de groseille et les mûres jaunes attendaient dans le garde-manger dans des coupes de cristal à pied, recouvertes d'un linge. Les pruneaux baignaient dans l'eau derrière la cuisinière. Ramollis à point. Elle en avait retiré chaque noyau avec des mains tremblantes, tout en courant de la fenêtre à la table.

Les pommes de terre nouvelles étaient encore petites, elles étaient brossées et préparées depuis la veille par les servantes. On les avait mises dans l'eau fraîche à la cave pendant la nuit. On allait les cuire au dernier moment dans quatre grandes casseroles.

Les seaux dans lesquels on avait mis les pommes de terre étaient depuis longtemps employés à éteindre l'incendie. Les servantes avaient en vitesse versé les pommes de terre dans un pétrin.

Une fois le danger passé, Oline se lamenta pour le pétrin. Il était sacré. On ne devait jamais y mettre autre chose que de la pâte. On risquait qu'un sortilège, une levure sauvage, ou pire, se mette dans la pâte, si on ne faisait pas attention à ce qu'on mettait dans le pétrin.

— Mais Seigneur, on a quand même eu un incendie ! soupirait-elle épuisée, laissant retomber les pommes de terre nouvelles dans des récipients appropriés, c'est-à-dire des casseroles.

Une fois l'incendie maîtrisé et Johan accueilli avec les honneurs qui lui étaient dus, les gens allèrent se préparer à la fête pour la deuxième fois de la journée.

Certains ne possédaient qu'une seule chemise. Et n'avaient pas toujours eu le temps de l'enlever avant de se jeter dans les travaux de sauvetage. Mais en frottant un peu, ça pouvait encore aller. A condition de s'être lavé, quelques taches sur les vêtements n'étaient qu'un titre de noblesse.

Oline mettait la dernière main à son œuvre tout en donnant des ordres pour que l'on dresse une table pour l'équipage et les passagers qui avaient participé à l'extinction de l'incendie.

Mère Karen décida que le commandant, son second, l'officier mécanicien et le compagnon de voyage de Johan seraient à leur table dans le grand salon. Les autres furent répartis sans distinction dans l'annexe. On y dressa des planches sur des tréteaux, recouvertes de draps d'une blancheur de neige et décorées de fleurs des champs.

Oline était en nage, et d'excellente humeur. Ses mains effectuaient le travail avec une dignité calme et avec grande précision.

L'atmosphère était déjà très gaie dans l'annexe quand on apporta les mets. Car on avait mis du rhum sur la table. L'équipage, en veine de générosité, avait apporté à la rame une ration officielle, ainsi qu'une autre que l'on consommait en secret.

Personne ne s'inquiétait de savoir si le vapeur continuerait sa route vers le nord.

Les garçons de ferme aidaient au service, comme s'ils n'avaient jamais rien fait d'autre.

Mère Karen n'avait pas donné l'ordre de servir du vin ou autre boisson alcoolisée dans l'annexe. Mais le rhum ne prenait jamais fin, semblait-il. Comme la cruche de la veuve de Sarepta, d'une hospitalité inépuisable.

Mais il y eut beaucoup d'allées et venues vers le vapeur. Et tous ceux qui remontaient vers la ferme cachaient visiblement quelque chose sous leur blouson ou sous leur veste.

L'animation atteignait son comble. On s'envoyait des histoires à travers la table comme à une course de relais. Scandées d'éclats de rire et de grognements.

Le doyen, qui regrettait que la santé de sa femme l'ait empêchée de venir, présidait à sa place habituelle au bout de la table.

En pleine chaleur d'été, Dagny arborait un tailleur en velours à la dernière mode, à la taille cintrée avec un haut col de dentelle. Juste arrivé de Bergen.

Dina regarda plusieurs fois la broche qu'elle portait au col. Elle avait appartenu à Hjertrud.

Mère Karen était à l'autre bout de la table avec Johan entre elle et Dina.

Un couple de Suédois nobles faisait un voyage d'agrément dans le Nordland. On alla les chercher sur le bateau et on les invita, bien qu'ils n'aient pas participé à l'extinction de l'incendie. Le gentilhomme fut placé près de Mère Karen. A cause de changements qu'il avait fallu faire pour placer les nouveaux invités, Zjukovskij était assis face à Dina.

L'argenterie et les cristaux scintillaient sous la grande lampe.

L'heure était au crépuscule d'août. Marguerites, campanules et feuilles de lierre et de sorbier décoraient la nappe blanche. Des verres à haut pied trônaient, remplis de leur précieux contenu. Les parfums et la bonne chère rendaient les gens aimables, presque attrayants. Tout le monde ne se connaissait pas. Mais ils avaient deux choses en commun. Le repas et l'incendie !

Mère Karen arborait son filet de rides d'amabilité sur tout le visage. Elle souriait et menait la conversation. C'était Reinsnes comme au bon vieux temps ! Quelles réceptions on donnait alors ! Avec des tables de fête et le fumet d'un rôti de veau ou de gibier. Mère Karen sentait à quel point elle était heureuse de voir le bon vieux temps revenu. Elle était contente d'avoir appris à Stine à tenir le rôle de maîtresse de maison à Reinsnes. Dina n'était pas faite pour s'intéresser aux occupations ménagères. Et Reinsnes avait besoin d'une maîtresse dont les talents ne se limitaient pas à faire de la musique et à fumer le cigare. Ce soir-là, elle se rendit compte que Stine s'acquittait parfaitement de la tâche.

Il n'y avait pas à dire, la Lapone était douée et intelligente. Elle était avenante, alors que Dina était revêche.

Dina regardait Barabbas. Il avait une chemise propre. Ses cheveux étaient encore humides. Ses yeux étaient encore plus verts à la lumière de la lampe.

Dina avait proposé à Zjukovskij de faire sa toilette dans une des chambres d'amis. Il avait accepté en s'inclinant.

Quand elle l'avait entendu descendre avec Johan, elle s'était glissée dans la chambre qu'il venait de quitter. Là flottait une odeur de savon à barbe et de cuir.

Il avait laissé à moitié ouverte une grande sacoche de voyage en cuir. Elle y jeta d'abord juste un coup d'œil. Puis elle commença à soulever les vêtements et autres objets. Sa main tomba tout à coup sur un livre. Au dos de cuir solide, mais usé. Elle l'ouvrit. C'était probablement du russe. Sur la page de garde un nom était inscrit d'une écriture penchée et maladroite :

Лев Жуковский

АЛЕКСАНДР ПУШКИН était imprimé en gros caractères tarabiscotés. Cela devait être le nom de l'auteur du livre. Le titre du livre était également impossible à déchiffrer.

C'étaient les mêmes caractères contournés et incompréhensibles qui se trouvaient sur les caisses et les boîtes de marchandises russes.

— Incompréhensible... marmonna-t-elle pour elle-même.

Comme si elle était fâchée de ne pas comprendre de quel livre il s'agissait.

Elle mit le livre sous son nez et le renifla. Une odeur de papier humide qui avait voyagé longtemps. Une curieuse odeur d'homme. Sucrée, et âcre en même temps. De tabac, de poussière. De mer !

Jacob sortit du mur. Il avait besoin d'elle ce soir. Elle lui jeta quelques injures, pour y échapper. Mais il ne se découragea pas. La caressa. La supplia. Remplit la pièce de ses odeurs. Elle le repoussa de la main.

Puis elle reposa le livre exactement là où elle l'avait pris. Se redressa. Respira fortement. Comme si elle effectuait un lourd labeur.

Elle était à l'affût de pas dans l'escalier. Avait un alibi au cas où il reviendrait. Elle allait mettre de nouvelles bougies dans les chandeliers. Il ne savait pas que ce n'était habituellement pas là son travail. Elle avait déposé le panier rempli de bougies sur le plancher.

Jacob resta serré contre elle jusqu'à ce qu'elle ramasse le panier pour sortir. Dans le rayon de lumière de la lampe sur le palier, il lâcha son bras nu. Il traînait derrière lui sa jambe malade. Et se retira dans le coin sombre où se trouvait l'armoire à linge.

— On a sauvé le toit de l'étable ! Sans ton aide ! siffla-t-elle, pleine de colère rentrée, et descendit dans la salle à manger.

Je suis Dina, qui flotte. Seule ma tête se déplace dans la pièce. Les murs et le toit s'ouvrent. Le ciel est un tableau très sombre fait de velours et de verre brisé. Dans lequel je flotte. Je veux ! Et je ne veux pas !

Au début du repas, la dame noble fit remarquer que c'était extraordinaire de trouver un aussi beau jardin si près du Pôle. Et les jolis sentiers entre les plates-bandes, recouverts de sable ! Elle les avait aussi remarqués avant de passer à table. Cela devait demander beaucoup de temps et de travail, dans une terre aussi pauvre.

Mère Karen pinça les lèvres mais répondit poliment qu'effectivement, on rencontrait quelques difficultés, et que les rosiers gelaient quelquefois pendant les hivers froids. Elle lui proposa de lui montrer son jardin d'herbes aromatiques le lendemain. C'était une spécialité de Reinsnes.

Puis on porta un toast au jeune théologien. Un autre à l'étable et au foin. Qui, grâce à Dieu, étaient sauvés des flammes.

— Et au bétail ! Que Dieu bénisse le bétail ! ajouta Mère Karen.

Ils portèrent donc un toast à la récolte et au bétail. Et ils n'en étaient qu'au potage.

Le monsieur noble se mit à chanter les louanges de la soupe de poisson d'Oline. Insistant pour qu'Oline vienne dans la salle à manger recevoir l'hommage qu'il rendait à sa cuisine. Cette soupe de poisson était la meilleure qu'il ait jamais goûtée. Et il avait mangé des soupes de poisson partout dans le monde.

La soupe de poisson en France ! Quelqu'un avait-il goûté de la soupe de poisson en France ?

Mère Karen avait mangé de la soupe de poisson en France. Cela lui permit de parler de son séjour de trois ans à Paris. Elle faisait tinter ses bracelets en filigrane et gesticulait de ses deux mains.

Tout à coup, elle cita un poème en français et ses joues se couvrirent d'une rougeur juvénile.

Ses cheveux blancs bien coiffés, rincés dans une décoction de genièvre et frisés au fer pour la circonstance, brillaient de pair avec l'argenterie et les candélabres.

Quand Oline arriva enfin, elle avait dû s'arranger un peu et ôter un de ses tabliers, on était déjà bien loin de la soupe de poisson.

Le monsieur noble répéta son discours sur la soupe, mais avec moins d'inspiration. Ayant la parole, il en profita pour parler du plat de résistance. Au fur et à mesure, il devint si prolixe qu'Oline déclara, avec une révérence, qu'il fallait maintenant qu'elle s'en aille.

Il y eut un silence gêné.

Zjukovskij desserra légèrement son nœud de cravate. Il faisait chaud dans la pièce bien que les fenêtres aient été ouvertes sur le jardin.

Les papillons de nuit s'égaraient derrière les fins rideaux de dentelle. Pris par la lumière. L'un d'eux vola droit dans la flamme, devant Dina. Une courte flambée. Et ce fut tout. Un reste carbonisé — comme un grain de poussière sur la nappe.

Elle leva son verre. Les voix qui les entouraient s'évanouirent. Il leva aussi son verre en s'inclinant. Aucune parole ne fut prononcée. Puis ils prirent leurs fourchettes en même temps et commencèrent à manger.

Le rôti de veau était rose et succulent. La sauce à la crème comme du velours sur la porcelaine blanche. La gelée de groseille tremblait sur le bord de l'assiette.

Dina en posa un peu sur la viande. Les pommes de terre nouvelles étaient si bien brossées que toute la peau était partie. Il n'en restait que la rondeur farineuse. Elle piqua sa fourchette dedans, en coupa un morceau. Le promena lentement dans la sauce. Alla chercher un peu de gelée et porta le tout à sa bouche. Elle rencontra son regard pendant qu'il était en train de faire la même chose.

Un instant, il eut un morceau de viande rose entre les lèvres. Ses dents brillèrent. Puis il ferma la bouche et commença à mâcher. De l'autre côté de la table, ses yeux brillaient comme la mer.

Elle rassembla ses deux iris sur sa fourchette et les mit dans sa bouche. Passa sa langue dessus. Doucement. Ils avaient un goût salé. Il ne fallait ni les avaler ni les mâcher. Elle les laissa tranquillement rouler sous son palais et les caressa du bout de la langue. Puis elle les rassembla au coin de sa bouche, ouvrit les lèvres et les relâcha.

Il mâchait tranquillement et avec un visible plaisir quand les yeux reprirent leur place. Son visage était haut en couleur. Comme si leur plaisir commun se reflétait sur sa peau. Ses yeux reprenaient leur place. Et clignaient vers elle !

Elle battit des paupières en réponse. Avec sérieux. Et ils continuèrent à manger. Ils se dégustaient l'un l'autre. Mâchaient. Sans voracité. Celui qui n'arrivait pas à se contrôler avait perdu.

Elle laissa échapper un soupir. Elle oublia de mâcher un instant. Puis elle sourit sans le savoir. Ce n'était pas son sourire habituel. C'était un autre, qui avait dû exister avant. Au temps où elle était assise sur les genoux de Hjertrud qui lui caressait la tête.

Il avait un visage dont la moitié était belle et l'autre laide. La cicatrice le partageait en deux. Faisait une courbe qui creusait un sillon profond dans sa joue.

Les narines de Dina vibraient, comme si quelqu'un la chatouillait avec un brin de paille. Elle déposa sa fourchette et son couteau. Porta la main à son visage et laissa un doigt caresser sa lèvre supérieure.

La voix du commissaire se fit entendre. Il demandait à Johan s'il avait postulé à une cure.

Johan regarda dans son assiette avec gêne et répondit que cela n'avait probablement aucun intérêt pour les invités. Mais le commissaire n'était pas du tout de cet avis.

Heureusement, le dessert arriva. Les mûres jaunes étaient savamment décorées de crème fouettée. C'était l'or de la récolte. Tomas les avait cueillies, spécialement pour cette occasion, sur les tourbières proches.

Tout le monde se rengorgeait. L'officier en second raconta qu'il avait assisté une fois, bien contre son gré, à un mariage à Bardu. Là, on n'avait pas servi de viande. Et aucun dessert. Il n'y avait que de la bouillie à la crème aigre et autres laitages. Et du mouton séché. Si salé que seul le maître de maison avait le droit de couper. Ils devaient avoir peur d'abîmer leurs couteaux !

Mère Karen prit un air pincé et dit que cela ne ressemblait guère aux gens de Bardu d'être aussi avares sur la nourriture.

Mais cela ne servit à rien. Même le doyen se mit à rire.

Tomas n'avait pas touché aux tonnelets des marins.

Il était l'un des rares qui n'avait pas eu le temps de se changer avant de passer à table. Il avait dû s'occuper du bétail qu'il avait fallu faire rentrer, organiser les tours de garde parmi les hommes et faire attention à ce qu'ils n'aient pas trop bu.

Anders et Niels disparurent vite dans la maison des maîtres. Et il ne les revit plus de la soirée. Ce qui revenait à dire que toute la responsabilité lui incombait.

Quand il entra dans l'annexe, la table était desservie et les convives étaient bien installés avec leur pipe, du café et du rhum.

Subitement, c'en fut trop. Il se sentit épuisé et exploité.

Dina était venue vers lui après l'incendie. En vitesse. Lui avait donné une tape amicale sur le dos, comme à l'habitude.

— Tomas ! avait-elle dit.

C'était tout.

A ce moment-là, cela lui avait suffi. Mais au fur et à mesure que le temps passait sans qu'elle se montre, sans qu'elle lui adresse la parole, sans qu'elle le remercie devant les autres, tout s'était embrouillé pour lui. Tout.

Il savait qu'il avait eu le rôle le plus important dans la lutte contre le feu. Le premier sur le toit avec une hache. Cela aurait pu être bien pire s'il n'avait pas été là.

Il ressentit tout à coup une sorte de haine envers elle. Et aussi envers le grand étranger qui l'avait aidé sur le toit.

Tomas demanda aux matelots qui il était. Mais personne ne le savait, sauf qu'il parlait avec un accent et que, sur la liste des passagers, il avait un nom impossible. Comme s'il était chinois ! Il était monté à Trondheim. Passait son temps à lire et à fumer, ou bien à bavarder avec Johan Grønelv. Il devait aller jusqu'au nord, et continuer vers l'est ensuite. Il était peut-être finnois, ou d'un pays encore plus oriental ? En tout cas, il parlait bien le norvégien.

Tomas avait vu que l'homme s'était placé derrière Dina quand il était descendu du toit. Il fut à la torture quand il la vit lui serrer la main deux fois. Il fut encore plus à la torture quand l'étranger fut invité à la table des maîtres. Bien qu'il fût habillé comme un marin.

Tomas faisait son devoir, les dents serrées. Puis il trouva une raison d'aller voir Oline, lui demander si elle avait besoin de quelque chose. Lui apporter du bois et de l'eau et rester à la cuisine. Il s'assit au bout de la table et se laissa servir en toute confiance. Il prétendit être trop fatigué pour tenir le coup dans l'annexe.

Il mangeait lentement et avec recueillement. Comme si sa pensée suivait chaque bouchée, de la bouche jusque dans l'estomac.

— Y a plus d'soupe, se lamentait Oline. Le gentilhomme suédois il en a mangé un quart de tonneau à lui tout seul !

Elle n'aurait jamais cru que des personnes de haute condition seraient assez mal élevées pour redemander une assiette de soupe. Ça ne devait pas valoir grand-chose, le domaine que ce type possédait.

Tomas opinait du bonnet, hébété. Courbé sur la table.

Oline le regardait de côté tout en décorant de crème les mûres jaunes. Le travail terminé, elle s'essuya soigneusement avec un torchon. Doigt après doigt. Comme si la crème était dangereuse.

Puis elle fit un tour dans l'office et en revint avec un verre du meilleur vin rouge.

— Voilà ! dit-elle en posant le verre avec brusquerie devant Tomas, et elle reprit ses occupations.

Tomas goûta au vin. Et pour cacher qu'il était touché de sa sollicitude, il s'écria :

— Sacrée bonne femme !

Oline, bourrue, marmonna qu'il y avait longtemps qu'elle se doutait d'où Benjamin tenait ses expressions impies.

Tomas ricana sans conviction.

On se sentait en confiance et il faisait chaud dans la cuisine. La vapeur, l'odeur des mets et le bruit des voix venant des salons lui donnaient sommeil.

Mais quelque part dans sa tête, quelque chose se tenait sur ses gardes.

Dina ne se montra pas à la cuisine...

Stine se retira avec les enfants. Pendant un moment, des vociférations de garçon se mêlèrent aux cris aigus d'Hanna. Mais le calme revint petit à petit à l'étage.

Dagny, Madame Karen et la comtesse se firent servir le café au salon.

Dina s'installa dans la chaise longue au fumoir, alluma un cigare et remplit elle-même son verre de vin. Le comte la regarda d'abord avec étonnement, puis il reprit sa conversation avec les messieurs.

Au bout d'un moment, le doyen regarda Dina avec bonté et dit :

— Madame Dina devrait venir nous aider à accorder l'orgue !

Il avait la grande faculté de ne pas prêter attention aux manières peu convenables de Dina. Comme s'il savait qu'elle était en possession d'autres qualités, plus importantes.

Il aimait à dire qu'il fallait aller au-devant des gens dans le Nordland comme on allait au-devant des saisons. Si on ne les supportait pas, mieux valait ne pas sortir un bout de temps, et rassembler ses forces.

C'était aussi la règle de conduite de son épouse. C'est pourquoi elle n'avait pas eu la force de venir à Reinsnes assister au dîner donné en l'honneur de Johan.

— Monsieur le doyen sait que j'y connais pas grand-chose dans les orgues, mais j'peux toujours essayer, dit Dina.

— Vous avez réussi la dernière fois, dit le doyen.

— Tout dépend de l'oreille qui écoute, dit Dina, sèchement.

— Evidemment. Dina a l'oreille plus musicale que la plupart des gens ! Elle doit beaucoup — comment s'appelait-il donc ? Ce professeur qui lui a fait aimer la musique ?

— Lorch, répondit Dina.

— Oui, c'est ça ! Où est-il maintenant ?

— En route pour Reinsnes. Avec son violoncelle... dit-elle d'une voix à peine audible.

— Comme c'est intéressant ! Quelle bonne nouvelle ! dit le doyen. Quand va-t-il arriver ?

Dina n'eut pas à répondre car le comte s'emparait déjà du doyen.

Johan était le point de mire naturel au centre d'un cercle de personnes plus âgées. Mais il n'avait rien fait pour cela. Sa voix basse donnait l'impression d'être intéressée et présente. Il passait continuellement sa main droite dans ses cheveux blonds raides, sans s'en rendre compte. Une seconde après, les cheveux retombaient sur son front.

Il avait changé au cours de ces années. Pas seulement physiquement. Son langage était devenu étranger. Il s'était mis à « danoiser » quand il parlait. Et il se comportait comme s'il était un invité. Ne reconnaissait pas les choses du regard. Ne caressait rien de la main. Ne courait pas de pièce en pièce pour tout voir. A part sa participation à l'extinction de l'incendie, il n'avait mis les pieds nulle part ailleurs que dans la grande maison.

Anders demanda à Johan des nouvelles du Danemark. S'il avait participé aux réunions politiques des étudiants nationalistes qui avaient eu lieu à Copenhague.

Johan paraissait honteux d'avoir à dire non.

— Les Danois doivent être en fête depuis la bataille d'Isted ?

— Ça doit leur faire plaisir d'avoir battu les Allemands, dit Zjukovskij.

— En effet, dit Johan. Mais ce n'est pas naturel d'incorporer le Slesvig au Danemark. Ils sont différents de culture et de langue.

— C'était bien là le rêve du roi Fredrik ? dit le Russe.

— Oui, et des nationalistes aussi, répondit Johan.

— J'me suis laissé dire que c'était le tsar Nicolas qui avait joué un rôle décisif, remarqua Dina.

— Oui, il a menacé les Prussiens de la guerre s'ils ne se retiraient pas du Jutland, dit Zjukovskij. Mais le nouveau service militaire au Danemark y est aussi pour beaucoup.

Ils continuèrent à parler du nouvel essor politique du Danemark.

— Vous vous y connaissez en politique, dit le commissaire à Zjukovskij.

— Oh, on glane par-ci, par-là, répondit l'homme en souriant.

— La plupart des gens au Danemark ne sont pas aussi bien informés, dit Johan, approbateur.

— Merci.

Dina avait considéré les hommes pendant qu'ils parlaient.

— Mère Karen, elle avait peur que l'Johan soit pris dans une guerre ou une manifestation avant de rentrer.

— Je ne suis pas assez intéressé par ces choses-là, dit Johan avec légèreté. Personne ne se laisse provoquer par un théologien.

— Ce n'est pas si sûr, dit le doyen. Mais enfin tu es là, ajouta-t-il.

— Il y a théologien et théologien, dit Johan, honteux. Je peux difficilement croire que je puisse avoir une influence politique. Mais il en est bien sûr autrement de Monsieur le doyen.

— Allons, allons, dit le doyen avec bonhomie. Je ne veux pas non plus représenter un pouvoir temporel.

— Mais Monsieur le doyen le fait quand même. S'il m'est permis de l'dire ? dit Dina.

— De quelle manière ? demanda le doyen.

— Quand les pouvoirs publics font des choses qu'vous trouvez injustes, alors vous l'dites, même si c'est pas vos affaires.

— Oui, cela peut arriver...

— Et Monsieur le doyen gagne souvent la partie, continua Dina aimablement.

— Cela arrive aussi, dit le doyen en souriant de satisfaction.

La conversation avait pris un cours moins dangereux. Et le commissaire se mit à parler des procès et des disputes à la dernière assemblée.

Anders était celui qui était le plus étonné devant Johan. Il ne retrouvait rien du garçon qu'il avait vu grandir. L'excusait par le fait qu'il était si jeune quand il était parti. Et par la présence de tout ce monde.

A table, Anders avait bien remarqué que Mère Karen ne trouvait pas facile la présence du jeune pasteur dans la maison. Elle faisait des efforts pour trouver des sujets de conversation.

Johan était poli et aimable. Mais il était devenu un étranger.

Le doyen, une fois sa pipe terminée, avait pris le chemin du retour après avoir proféré maintes excuses et bénédictions. Il se réservait la musique pour une autre fois, dit-il.

Dina raccompagna le doyen jusqu'à la porte. Quand elle repassa par le grand salon, elle plaqua quelques accords sur le piano. Juste un essai.

L'étranger arriva tout de suite. S'appuya contre l'instrument et écouta.

Dina s'arrêta et le questionna du regard.

Et tout se déclencha tout à coup. Il se mit à chanter une chanson plaintive et mélancolique en russe.

Dina, qui avait l'oreille musicale, trouva vite la mélodie sur le clavier. Quand elle se trompait, il corrigeait en lui trouvant la note juste.

La chanson était étrange. Pleine de tristesse. L'homme se mit tout à coup à danser. A la manière des marins russes quand ils ont un peu bu. Les bras tout droit devant lui et sur les côtés. Les hanches souples et les genoux pliés.

Le rythme devint plus endiablé et plus gai. L'homme dansait tellement au ras du plancher qu'il avait des difficultés à tenir sur ses jambes. Les lançait sur le côté et les ramenait sous lui. De plus en plus vite.

Une énorme puissance émanait de lui. Il était sérieux et concentré. Mais cependant, il était visiblement en train de jouer.

Un adulte qui jouait ! La marque blanche de la cicatrice était d'autant plus visible que son visage était rouge. C'était Janus aux deux visages. Tourbillonnant et montrant tantôt une joue abîmée, tantôt une qui ne l'était pas.

Dina surveillait les gestes de l'homme, tout en laissant danser ses doigts. Avec force et légèreté.

Mère Karen, Dagny et la comtesse interrompirent leur conversation distinguée. Les hommes dans le fumoir se levèrent l'un après l'autre pour mieux voir et entendre. Stine était devant la porte avec quatre gosses derrière elle.

Benjamin avait les yeux écarquillés et la bouche ouverte. Il entra dans le salon, bien que cela lui soit interdit.

Hanna et les fils du commissaire restaient timidement dans l'embrasure de la porte.

Finalement toute la pièce ne fut plus qu'un large sourire. Il sautait de l'un à l'autre comme un petit animal velu.

La joie entre les murs de Reinsnes était un miracle. Cela avait été si rare ces dernières années.

On entendait la chanson et la musique jusque dans la cuisine.

Une voix de basse et une curieuse mélodie coulante et des mots incompréhensibles remplissaient la maison.

Tomas bougeait avec inquiétude. Oline écoutait, la bouche à moitié ouverte. La servante qui aidait au salon revint à la cuisine. Échauffée et gloussante.

— Faut encore du punch. L'étranger, il a chanté des chansons russes et il a sauté en l'air, les genoux pliés, comme un forcené ! Il jodlait et se donnait des claques sur les talons ! J'ai jamais rien vu de pareil ! Et puis il va dormir dans la chambre du sud. La Dina en a donné l'ordre ! Faut remplir le broc et la carafe d'eau. Et faut mettre des serviettes propres !

Tomas sentit comme un coup de poing lui couper la respiration.

Zjukovskij s'arrêta de danser aussi brusquement

qu'il avait commencé. S'inclina galamment devant les applaudissements, reprit sa respiration et retourna au fumoir pour retrouver son cigare éteint.

Des gouttes de sueur recouvraient son front. Il ne les essuya pas. Fronça seulement légèrement les sourcils et desserra un peu son col.

Jacob se frottait au bras de Dina. Il n'était pas content.

Dina le repoussa. Mais il la tenait encore quand elle alla vers Zjukovskij. Il s'était assis sur une chaise libre près de la chaise longue.

Elle lui tendit la main et le remercia de son numéro. L'air entre eux était phosphorescent. Jacob enrageait.

Plus tard, quand tout fut rentré dans l'ordre, et que les voyageurs parlaient de cette extraordinaire lumière du nord, Zjukovskij se pencha avec témérité sur Dina et posa sa main légèrement sur la sienne.

— Dina Grønelv joue bien, dit-il avec simplicité.

L'antipathie de Jacob pour l'homme atteignit Dina entre les yeux. Elle retira sa main.

— Merci ! dit-elle.

— Elle sait aussi organiser l'extinction d'un incendie... Et elle a de si beaux cheveux !

Il parlait très bas. Mais son ton pouvait laisser croire qu'il participait à la conversation générale sur le temps dans le Nordland.

— Ça leur plaît pas que j'fasse pas de chignon, répondit-elle.

— Ça, je veux bien le croire, dit-il seulement.

Les enfants et Stine étaient remontés.

Il commençait à se faire tard. Mais la clarté de la nuit passait à travers les rideaux de dentelle et entre les pots de fleurs.

— Tu as dit que ta belle-mère était musicienne, et nous venons de nous en rendre compte. Mais tu as dit aussi qu'elle jouait du violoncelle, dit Zjukovskij à Johan.

C'était la première fois que Dina s'entendait appeler belle-mère. Elle ouvrit la bouche comme pour dire quelque chose. Mais la referma.

— Oui, dit Johan avec enthousiasme. Joue-nous du violoncelle, Dina !

— Non, pas maintenant.

Elle alluma un nouveau cigare.

Jacob était très satisfait.

— Quand c'est qu't'as raconté que je joue ? demanda-t-elle.

— Sur le bateau. C'est le souvenir que j'avais de Dina, répondit Johan.

— Oui, tu t'souviens pas d'grand-chose... murmura Dina.

Le regard de Léo Zjukovskij allait de l'un à l'autre. Niels leva la tête. Il n'avait presque pas dit un mot de toute la soirée. Mais il était en tout cas présent.

— Comment ça ? dit Johan, incertain.

— Non, rien, seulement que t'as été longtemps absent... répondit-elle.

Elle se redressa, et demanda si quelqu'un voulait aller faire un tour avant de se coucher, maintenant que la tempête était calmée.

Ils la regardèrent avec étonnement. Le seul à se lever fut Léo Zjukovskij. Johan les regarda. Comme un détail qui l'intéressait. Puis il tendit la main vers la boîte de cigares qu'Anders avait ouverte et offrait.

C'était son premier cigare de la soirée.

Tomas fit plusieurs tours de garde supplémentaires.

En allant de l'annexe à l'étable, il vit Dina et l'étranger se promener sur le sable blanc près du pavillon.

L'étranger, il est vrai, avait les pouces aux entournures de son gilet et se tenait à bonne distance. Mais ils disparurent dans le pavillon au bout d'un moment.

Tomas pensa sérieusement à se jeter dans la mer. Mais il y avait du pour et du contre. D'abord, il avait la responsabilité de ces tours de garde. Puis il y avait ses vieux parents. Et les petites sœurs.

A la fin, il resta assis dans le fenil, les genoux remontés et la paille le piquant à travers les vêtements. Il avait pris une décision. Il allait lui parler. La forcer à le regarder. Il pouvait l'attirer à la chasse !

On avait commencé à danser sur le quai dès que la chaloupe du doyen avait pris le large.

Tomas descendit au quai d'Andreas pour appeler celui qui avait le prochain tour de garde.

Puis il retourna dans la cuisine d'Oline. L'aida à mettre les restes du dîner dans la cave. Alla chercher encore du vin. Apporta encore de l'eau et du bois.

Une ou deux fois, Oline se retourna et le regarda.

— La Tea et l'Annette sont allées danser... dit-elle, hésitante.

Il ne répondit pas.

— Tu danses pas tellement, toi, Tomas ?

— Non.

— Y a quéqu'chose qui t'chagrine, mon garçon ?

— Oh, y a qu'on est fatigué, dit-il avec légèreté.

— Et t'es pas en humeur d'une causette, maintenant qu'on a fini not'journée ?

— Ouais, dit-il, gêné.

Puis il toussota, se dirigeant vers l'entrée, un seau vide à la main. Il avait rempli le tonneau d'eau jusqu'à ras bord, et le récipient derrière la cuisinière. Le bois était entassé soigneusement dans son coin. Le petit bois dans sa caisse.

— Viens donc t'asseoir près de moi, dit Oline.

— Tu vas pas te coucher ?

— Ça ne presse pas tant ce soir.

— Non, bien sûr.

— Et dis donc, un café à l'eau-de-vie te dirait ?

— Va pour un café à l'eau-de-vie.

Ils restèrent assis à la grande table, chacun perdu dans ses pensées.

Le ciel s'était éclairci. Le vent n'était plus qu'un souvenir et un faible murmure. La nuit d'août était saturée d'épices et de lumière bleue. Qui passait à travers la fenêtre ouverte.

Tomas tournait soigneusement sa cuillère dans sa tasse.

11

Mets-moi comme un sceau sur ton cœur, comme un sceau sur ton bras ; car l'amour est fort comme la mort, la jalousie est inflexible comme le séjour des morts.
(Cantique des Cantiques, 8, 6)

Il avait meilleure mine dans le clair-obscur de la nuit qu'à la lueur des lampes. Dina le scrutait sans vergogne. Ils avançaient sur le sable crissant. Lui, en manches de chemise et en gilet. Elle, un châle de soie rouge sur les épaules.

— Vous êtes pas né dans le pays ?

— Non.

Pause.

— Vous aimez pas parler d'vot'pays ?

— Ce n'est pas cela. Mais c'est une longue histoire. J'ai deux pays et deux langues. Le russe et le norvégien.

Il semblait gêné.

— Ma mère était norvégienne, dit-il, brusque, presque insolent.

— Et qu'est-ce que vous faites quand vous êtes pas en voyage ?

— Alors, je danse et je chante.

— On peut vivre de ça ?

— Quelquefois.

— Et vous v'nez d'où ?

— De Saint-Pétersbourg.

— C'est une très grande ville, à c'qu'on dit.

— Une très grande et très belle ville, dit-il, et il commença à parler des églises et des places de Saint-Pétersbourg.

— Et pourquoi vous voyagez tellement ? demanda-t-elle au bout d'un moment.

— Ah, pourquoi ? C'est parce que j'aime ça, je pense. Et puis je cherche.

— Cherche quoi ?

— La même chose que tout le monde.

— C'est quoi ?

— La vérité.

— Sur quoi ?

Etonné, il la regarda presque avec mépris.

— Dina ne recherche jamais la vérité ?

— Non, dit-elle avec brusquerie.

— Comment peut-elle vivre sans ?

Elle se retira légèrement. Jacob était entre eux. Il était satisfait.

— Il le faudra bien un jour, dit-il à voix basse.

Puis il lui prit le coude et repoussa Jacob hors du temps et de l'espace. Ils passèrent devant l'étable endommagée par le feu. Les vaches meuglaient là-dedans. Pour le reste tout était calme. Seulement une odeur de foin et de bois brûlé venait à leur rencontre.

Ils ouvrirent la barrière blanche pour entrer dans le jardin. Elle voulait lui montrer le pavillon. Il était comme une dentelle au milieu de toute cette verdure. Blanc avec un décor sculpté peint en bleu. Un bâtiment octogonal orné de têtes de dragons à chaque coin. Bien entretenu. Mais l'hiver avait emporté quelques-unes des vitres colorées.

Il dut baisser la tête pour entrer. Elle rit. Car elle devait faire de même.

Il faisait à moitié sombre dedans. Ils s'assirent l'un à côté de l'autre sur le banc. Il lui posait des questions sur Reinsnes. Elle répondait. Leurs corps étaient tout proches. Il avait les mains posées sur les genoux. Calmes. Comme deux bêtes endormies.

Il se comportait fort courtoisement, bien qu'étant tout proche. Jacob surveillait le moindre mouvement. Comme s'il s'en doutait, il fit remarquer qu'il commençait à se faire tard.

— La journée a été longue, dit Dina.

— C'était une journée fantastique, dit-il.

Il se leva, attrapa sa main et la baisa. Ses lèvres étaient chaudes et humides.

Le lendemain matin, ils se retrouvèrent sur le palier. Tout près de l'escalier.

Il faisait encore sombre, et tout sentait encore la nuit, les seaux de toilette et le savon.

Il fut le dernier à quitter la maison. Les autres étaient déjà en route vers les bateaux.

— Je repasserai avant l'hiver... dit-il en la questionnant du regard.

— Vous êtes le bienvenu ! répondit-elle, comme s'il était n'importe qui.

— Je pourrai alors vous entendre jouer du violoncelle ?

— Peut-être. Je joue presque tous les jours, répondit-elle en lui tendant la main.

— Mais pas hier ?

— Non, pas hier.

— Vous ne vous sentiez peut-être pas bien ? Il y avait eu l'incendie...

— Il y avait eu l'incendie.

— Et maintenant vous allez faire en sorte que le nouveau toit soit convenablement refait ?

— Il le faut bien.

— Vous avez de grandes responsabilités ? Beaucoup de gens à votre service ?

— Pourquoi ces questions... maintenant ?

Sa cicatrice se rétrécit. Son sourire était éblouissant.

— Je temporise. Ce n'est pas si facile. Je vous fais la cour, Dina Grønelv.

— C'est chose inconnue pour Barabbas ?

— Pas tout à fait... Alors c'est moi, Barabbas ?

Ils riaient à pleine gorge l'un vers l'autre, découvrant leurs dents. Deux chiens en train de jouer et de se mesurer dans l'ombre.

— C'est toi, Barabbas !

— C'était un voleur, chuchota-t-il en se rapprochant.

— On l'a libéré ! dit-elle dans un hoquet.

— Mais le Christ a dû mourir à sa place.

— Le Christ doit toujours mourir...

— Viens me faire un signe d'adieu de la main, murmura-t-il, restant sans bouger, indécis.

Elle ne répondit pas. Dans un éclair prit sa main entre les deux siennes et lui mordit fortement le majeur. Il émit un cri de surprise et de douleur.

Tout avait basculé. Tout au moins assez pour qu'il l'attire contre lui et enfouisse sa tête dans sa poitrine. Il respirait fort.

Ils restèrent ainsi un instant. Sans bouger. Puis il se redressa, lui baisa la main et mit son chapeau.

— Je vais repasser avant l'hiver, dit-il, la voix enrouée.

Ils se séparèrent, marche après marche. Une ou deux fois il se retourna entièrement pour la regarder. La porte d'entrée se referma.

Il était parti.

Le vapeur avait un jour de retard.

Léo Zjukovskij était sur le pont, faisant un signe d'adieu de la main. Il faisait chaud. Il était en bras de chemise. Cela rendait ridicules les costumes habillés et corrects des autres.

Elle surveillait tout de la fenêtre de la salle. Il savait qu'elle était là.

Je suis Dina. Nous flottons le long des plages. Serrés. Sa cicatrice est comme un flambeau entre les algues. Ses yeux sont l'océan vert. La lumière sur les fonds de sable. Qui veut me montrer quelque chose. Et me cacher autre chose. Il part à la dérive, loin de moi. Derrière les péninsules. Les montagnes. Car il ne connaît pas encore Hjertrud.

Johan, debout sur un rocher au milieu des algues, criait quelque chose vers le vapeur. Léo Zjukovskij approuva de la tête et salua avec son chapeau.

Puis vint le coup de sirène. Les aubes se mirent en marche. Les voix se noyèrent. Elle accrocha les yeux verts autour de son cou.

La famille du commissaire était repartie très tôt. Anders et Niels les avaient transportés en bateau. Ils devaient de toute façon aller à Strandstedet pour chercher des matériaux de réparation. Il n'était pas question d'en prendre dans leurs propres forêts. Il fallait des matériaux bien secs et d'une tout autre dimension.

Ils prirent donc le caboteur pour pouvoir tout rapporter. On avait laissé au garçon de ferme de Fagernesset le soin de ramener tout seul les chevaux par la montagne, en pleine chaleur.

Mère Karen essayait de poursuivre avec Johan une conversation intime sur le sens de l'existence. Sur la mort. Sur l'avenir de Johan. Sa vocation.

Dina partit seule à cheval. Et ne revint que tard dans la journée.

Tomas prit cela pour un mauvais signe. Il pensa qu'il valait mieux attendre un autre jour pour lui parler.

Au milieu du chaos de l'incendie et du retour de

Johan, personne n'avait dit à Dina qu'une longue caisse était arrivée.

Quand le garçon de la boutique vint la prévenir, elle descendit jusqu'au quai d'Andreas. Elle marchait à longs pas légers.

Elle l'ouvrit sur place. Elle était restée toute une journée dans l'entrepôt !

Lorch se sentait trahi. Mais il ne lui en faisait pas reproche. L'odeur était de plus en plus reconnaissable au fur et à mesure qu'elle approchait du violoncelle. Il était bien empaqueté.

Elle le sortit avec précaution de la caisse. Et essaya de l'accorder là, tout de suite.

Les cordes pleuraient vers elles. Elles refusaient de se laisser accorder. Elle en parla à Lorch. S'énerva d'impatience. Vissa et recommença. Mais tout n'était que plaintes désespérées.

De petites vagues fouettaient les rochers sous elle. Claquaient, avec une insouciance irritante. Luisaient entre les fentes du plancher.

Elle hurla, de colère et de déception, parce qu'elle n'arrivait pas à accorder le violoncelle.

Elle allait l'amener dans la salle. Il voulait sûrement être à destination avant de se laisser accorder.

Mais à la lumière du soleil, la vérité lui apparut. Il avait abandonné la partie pendant le voyage. Le violoncelle. Il était mort. C'était ainsi. Il était fendu !

Mère Karen essaya de la consoler. Dit que c'était à cause de la température, et de la différence d'humidité le long de cette côte interminable.

Dina le posa dans la salle. Dans le coin. Près du sien. Le mort et le vivant. Ensemble.

12

> La chaleur me dévorait pendant le jour, et le froid pendant la nuit, et le sommeil fuyait de mes yeux. (Genèse, 31, 40)

Il y eut un moment de répit entre les foins et la récolte des pommes de terre. Il fallut alors terminer la réparation du toit, avant que d'autres occupations ne demandent de la main-d'œuvre ailleurs.

Les pêcheurs commençaient aussi à apporter leur morue séchée. Il fallait la trier soigneusement, la presser dans la presse à poisson en paquets de quarante kilos et l'entreposer en attendant le voyage à Bergen et l'exportation.

Le foie livré en même temps que le poisson était transformé en huile pendant l'automne. Tout le monde en était imprégné. L'odeur enrobait toute la ferme comme une calamité. Elle se fixait dans les cheveux et dans le linge lessivé. S'agrippait comme un maléfice aux malheureux qui participaient à la fabrication.

Tout prenait du temps. Et demandait de la main-d'œuvre. Mais cela apportait aussi des écus sonnants et la sécurité à tout le monde.

Il y eut des problèmes avec la jeune et nouvelle vachère. Elle avait, en fait, peur de la vache qui portait la clarine.

Depuis l'incendie, la vachère et l'animal semblaient

se porter mutuellement sur les nerfs. Presque chaque jour, le lait était renversé dans la stalle et la vachère arrivait en larmes dans la cuisine d'Oline.

Un soir, Dina surprit le vacarme.

Elle alla à la cuisine, où on lui raconta la triste histoire du lait qui, encore une fois, s'était répandu sur le plancher de l'étable.

— Est-ce que t'as appris à traire comme il faut ? demanda Dina.

— Oui, renifla la fille.

— J'veux dire, t'as appris à traire des vaches vivantes ?

— Oui, dit la vachère avec une révérence.

— Et dis un peu comment tu fais ?

— J'm'assoyons sur l'escabeau et j'prenons l'seau entre les genoux — et...

— Et la vache ? Qu'est-ce que tu fais à la vache ?

— J'... essuyons les pis... savez bien...

— Et quoi d'autre ?

— D'autre ?

— Oui. Tu crois p't-être qu'tu traies un escabeau ?

— Non...

— Une vache, c'est une vache, et faut la traiter comme un animal vivant. Tu comprends ?

La vachère se tortillait, inquiète.

— Elle est tellement mauvaise.

— Elle devient mauvaise quand tu viens la traire.

— Elle était pas comme ça avant.

— Seulement depuis l'incendie ?

— Mais qu'est-ce qui lui a pris alors ?

— Y s'trouve que t'es brusque, t'as hâte d'aller voir c'qui s'passe dans les communs. T'es comme un incendie — pour la vache.

— Mais...

— C'est comme ça ! Viens ! On va aller à l'étable !

Dina alla dans l'entrée des communs chercher un vêtement. Puis elles allèrent ensemble vers la vache beuglante.

Dina déposa le seau et l'escabeau à une certaine distance de la stalle. Puis elle vint tout près, et posa sa main sur le cou de la vache. Pesamment et calmement.

— Ça suffit comme ça maintenant ! dit-elle doucement, en caressant l'animal haletant.

— Fais attention, elle est mauvaise, avertit la vachère, inquiète.

— Et moi donc ! répondit Dina, en caressant la vache.

La vachère écarquillait les yeux.

Dina entra dans la stalle et d'un geste invita la vachère à en faire autant. Hésitante, elle mit un pied devant l'autre.

— Bon. Fais un câlin à la vache, commanda Dina.

Et la vachère caressa la vache. Inquiète tout d'abord. Puis plus calmement.

— Regarde-la dans les yeux, commanda Dina.

Et la vachère fit de son mieux. La vache se calma petit à petit et arracha quelques touffes de la balle de foin dans la mangeoire.

— Parle-lui comme à un être humain, dit Dina. Parle du temps qu'il fait et de l'été qu'on a eu.

Et la fille entama une sorte de conversation avec la vache. D'abord avec anxiété et plaintivement. Puis avec plus de confiance, et finalement presque avec ferveur.

— Fais-lui voir le seau et le torchon, et continue à parler, dit Dina, se retirant de la stalle tout en les surveillant.

Finalement, la vache tourna sa grosse tête et considéra la vachère avec sollicitude et compréhension pendant que l'autre trayait.

La fille était radieuse. Le lait giclait en jets puissants et blancs dans le seau, écumant sur les bords.

Dina resta jusqu'à ce qu'elle ait fini.

Sur le chemin du retour vers la ferme avec les seaux, Dina lui dit avec sérieux :

— Parle à la vache de tes chagrins, ma fille ! De ton amoureux ! Les vaches, ça aime les histoires !

La vachère allait justement la remercier de son aide, mais resta interdite.

— Mais si on m'entend ? demanda-t-elle, embarrassée.

— Alors ils seront frappés de la foudre et de la malédiction ! dit Dina avec sérieux.

— Mais s'ils le racontent dans tout l'pays avant d'être frappés par la foudre ?

— Ça n'arrivera pas, dit Dina, sûre de son fait.

— Et où c'que vous avez appris tout ça ? demanda la vachère.

— Appris ? J'ai grandi dans l'étable et l'écurie du commissaire. Mais ça, faut pas l'dire, parce que l'commissaire, il est encore plus mauvais qu'une vache.

— T'as appris à traire là-bas ?

— Non, j'ai appris chez des métayers. Ils avaient seulement une vache.

La fille lui lança un regard bizarre et ravala une autre question.

La jeune vachère ne tarissait pas d'éloges sur sa maîtresse. Racontait à qui voulait l'entendre. A quel point la maîtresse des lieux savait s'y prendre avec les animaux. Si gentille et si obligeante.

Elle enjoliva l'histoire, qui alla de ferme en ferme. Un triomphe à la fois pour Dina, la vachère et la vache.

Et il était clair que Dina de Reinsnes en savait plus long que son Pater. Et qu'elle avait pris parti pour les petites gens. On rappelait l'histoire du garçon d'écurie Tomas. Avec qui elle avait grandi. Il avait des responsabilités et était respecté à Reinsnes.

Et puis il y avait la Lapone, Stine. Avec ses deux bâtards, un mort et un vivant ! Faisant partie de la famille. C'est elle qui avait porté le petit Benjamin au baptême !

On inventait de petits détails qui rendaient les histoires plus savoureuses, et qui illustraient l'affection que Dina portait aux gens modestes. Son sens de la justice. Son grand cœur généreux.

Finalement, les histoires moins flatteuses sur Dina perdirent de leur impact. On les considéra plutôt comme des traits d'originalité qui distinguaient Dina des maîtresses de maison et autres bourgeoises. Et qui faisaient d'elle quelqu'un de spécial et de fort.

La bruyère colorait le sentier de violet. De grosses gouttes tombaient sur eux comme une averse quand ils passaient sous les arbres. Le soleil n'était qu'un disque sans force et sans chaleur. Et les fougères fouettaient mollement les jambes des chevaux.

C'est alors que Tomas entreprit de parler à Dina. Il sentait depuis longtemps qu'elle le regardait comme s'il n'existait pas.

— La Dina, elle veut peut-être que j'me trouve une aut'place ?

Dina arrêta le cheval et se tourna vers lui. On voyait de l'étonnement dans ses yeux.

— Et qu'est-ce qui t'fait dire ça ?

— J'sais pas, mais...

— Qu'est-ce que tu essaies de dire, Tomas ?

Sa voix était basse, pas du tout cassante comme il l'avait craint.

— J'pense... j'pense souvent à c'jour. La chasse à l'ours...

Tomas s'arrêta là.

— Tu regrettes ?

— Non ! Non ! Faut jamais croire ça !

— T'aimerais retourner chasser l'ours ?

— Oui...

— En haut, dans la salle ?

— Oui ! dit-il avec conviction.

— Et tu crois comme ça qu'tu ferais de vieux os à Reinsnes si on te trouvait tout le temps sur le palier ?

— J'sais pas.

Sa voix était enrouée.

— Mais si tu voulais, tu pourrais...

Il attrapa sa bride et la regarda dans les yeux, avec désespoir.

Tomas. Un cheval qui avait peur des grands obstacles. Et qui cependant sautait.

— Tu pourrais pas ? répéta-t-il.

— Non, dit-elle, brutalement. Je suis Reinsnes. Je connais ma place. T'as du courage, Tomas ! Mais tu connais aussi ta place.

— Et si c'était pas pour ça, Dina ? Alors t'aurais pu... ?

— Non, dit-elle en rejetant ses cheveux en arrière. Alors, j's'rais partie à Copenhague.

— Qu'est-ce tu f'rais là ?

— J'verrais les toits des maisons. Et les tours ! J'aurais étudié. Tout trouvé sur les chiffres. Où ils se cachent quand on les voit pas. Tu sais, Tomas, les chiffres, ils changent pas. C'est pas comme les mots. Les mots, ils mentent tout l'temps. Quand les gens les disent et quand ils les disent pas... Mais les chiffres ! Ils sont sûrs !

Sa voix. Ses mots. Comme un coup de fouet. Qui l'atteignait. Sans merci.

Quand même ! Elle lui parlait ! De ce qui l'occupait. Même s'il ne pouvait pas monter dans la salle, il pouvait au moins essayer de savoir à quoi elle pensait.

— Et le Benjamin, Dina ?

— Le Benjamin ?

— Oui, il est de moi ? murmura-t-il.

— Non ! dit-elle durement, donna un coup de la pointe de son soulier à Lucifer et s'envola au galop.

Je suis Dina. Les vivants ont aussi besoin de quelqu'un. Juste comme les animaux. Ont besoin qu'on leur caresse les flancs et qu'on leur parle. Tomas est comme ça.

Je suis Dina. Qui me caresse les flancs ?

Le monticule où l'on hissait le drapeau était un endroit de prédilection. Il y avait toujours du vent là-haut. Rien n'y était permanent, tout y était éphémère et constamment en mouvement. Les brins de paille et les fleurs, les oiseaux et les insectes. Les flocons de neige et les congères. Les vents l'habitaient.

Mais le sol en lui-même restait immuable. Ce monticule herbeux et éventé, ridicule, où, il y avait de cela des années, le maître de Reinsnes avait fait cimenter un mât pour le drapeau. Il tenait bon, même mieux que la plupart des autres mâts le long de la côte. Malgré son emplacement offert à tous les vents et à toutes les bourrasques.

On arrivait bien à raccommoder le drapeau. Mais il fallait quand même souvent en faire venir un neuf. C'était une dépense inévitable. Car le drapeau de Reinsnes était visible de très loin en mer, que l'on vienne du sud ou du nord.

Dina avait toujours aimé ce monticule éventé. Cet automne-là, elle semblait s'y être installée. Ou alors, elle se rabattait sur son violoncelle. Elle en faisait gémir les cordes. Les gens se bouchaient les oreilles et Mère Karen sortait en claudiquant dans l'entrée pour la faire descendre.

Ou bien elle grimpait dans le sorbier. Afin de faire revenir l'esprit de Jacob, pour pouvoir passer sa rage sur quelqu'un.

Mais les morts la fuyaient quand elle était de cette humeur. Ils semblaient comprendre qu'ils ne faisaient plus partie de son univers. Seul Barabbas y avait accès.

« Je reviendrai avant l'hiver. » Mais Dina ne pouvait attendre l'hiver. Elle n'était pas de celles qui peuvent attendre. Elle caressait le mufle de Lucifer plus souvent que de coutume. Elle installait des balançoires dans les arbres pour Benjamin et Hanna. Mais surtout, elle se tenait sur le monticule dès qu'une voile venant du nord apparaissait.

Et elle était là chaque fois que le vapeur faisait escale sur sa route vers le sud.

Elle essaya de tirer de Johan la destination vers laquelle ce Léo était parti.

Il hocha la tête, la regardant avec curiosité. Elle était démasquée. Il alla vers elle, lui mettant la main sur l'épaule.

— Il ne faut pas attendre ce Léo. Il est comme le vent. Il ne revient jamais, dit-il avec arrogance.

Elle se redressa brusquement de toute sa hauteur. Avant même qu'aucun d'eux ne comprenne ce qui se passait, elle lui avait assené un coup qui le jeta par terre.

Elle resta un instant debout à le regarder. Puis elle s'écroula sur le plancher et prit sa tête sur ses genoux. Gémissant comme un chien battu.

— Toi qu'es pasteur et tout, tu dois jurer de rien. Tu comprends pas ça ? Tu comprends rien ? Rien...

Elle essuyait le sang qui coulait de son nez et lui fit reprendre connaissance. Encore heureux que personne ne les ait surpris.

Ils ne racontèrent cet épisode à personne. Mais Johan avait un réflexe qui étonnait les gens. Chaque fois que Dina faisait un mouvement brusque et inattendu, il se baissait en un éclair. Il avait ensuite l'air honteux et malheureux.

La nomination de Johan se faisait attendre. Il avait postulé dans le Nordland et dans le Sud. Mais on aurait dit qu'on avait oublié son existence.

Dina laissait Mère Karen et Johan à leurs occupations. Jacob ne se manifestait guère. Hjertrud apparaissait entre les rouleaux de cordages sans un mot. Cela se répétait sans cesse.

Benjamin se laissait prendre sur les genoux avec une expression étonnée dans ses yeux clairs. Mais il en avait vite assez de ses caresses brutales et insistantes, et glissait de ses genoux pour se sauver.

Elle était comme une somnambule. Elle lisait dans le livre noir de Hjertrud. Sur les justes et les injustes.

Qui frappaient fort. Avaient la caresse dure et juraient de se venger.

Les premières nuits de gel arrivèrent. Ainsi que les flaques d'eau verglacées et les groseilles oubliées sur les buissons. Un soir, la première neige tomba, comme un signe avant-coureur, suivie d'un grand souffle menaçant. On n'était plus « avant l'hiver ».

Dina reculait le moment habituel pour Oline d'aller chercher les édredons et les couvertures dans l'entrepôt.

— C'est trop tôt pour les affaires d'hiver ! disait-elle avec entêtement.

Et ainsi elle se mêlait des affaires des autres d'une manière impardonnable. Oline perdait la face devant les autres. Dina et Oline étaient comme deux glaciers. Séparés par un fjord profond.

Une nuit, le froid traversa les couvertures de coton et les draps jusqu'à atteindre le plus profond de l'âme.

Le lendemain, Dina alla trouver Tomas dans l'écurie. Se penchant par-dessus le dos d'un cheval qu'il était en train d'étriller, elle lui donna une bourrade comme elle en avait l'habitude.

Leurs yeux, porteurs de messages différents, se rencontrèrent. Ceux de Tomas : étonnés, en attente, à l'écoute. Ceux de Dina : en colère, autoritaires, durs. Comme un coup de fouet, elle lui donna l'ordre de faire des rangements dans l'entrepôt et de transporter les affaires d'hiver dans la maison. Comme s'il était tombé en disgrâce.

Quand il demanda qui allait l'aider, elle répondit clairement qu'il serait seul.

— Mais Dina, ça va m'prendre toute la journée et même la soirée !

— Fais ce que j'te dis !

Il ravala une réponse.

L'hiver montrait les dents.

Tomas avait emporté une lanterne. Il venait à elle la tête penchée, ignorant sa présence. Il faisait attention à chacun de ses pas. Il restait quelquefois des choses oubliées sur le plancher qui pouvaient faire trébucher un pauvre diable.

Elle sortit brusquement de l'obscurité.

Les couvertures pendaient du plafond comme d'énormes et souples cloisons. Qui absorbaient les bruits. Les enterraient à jamais.

Dehors, il gelait et la pleine lune apparaissait derrière des nuages en continuel mouvement. Impénétrable à ceux qui y cherchaient un signe.

Sa fureur était solidement installée en elle.

— Je reviendrai avant l'hiver, ironisait la lune à travers les nuages et les vieux toits.

Elle agrippa le bras de Tomas comme un chien affamé. Lui donnant à peine le temps de la reconnaître, ils roulèrent tous deux entre les couvertures.

Il mit quelques secondes à saisir. Le premier cri de douleur lui échappa quand il sentit ses dents se planter sur sa gorge et ses bras l'entourer. Puis il se laissa entraîner entre deux couvertures de laine couleur d'écume. Il arriva tout juste à poser la lanterne. Elle les contemplait pudiquement.

Dina était à la fois douleur et plaisir. Qu'il soit dans la salle devant le grand poêle noir ou dans le grenier de l'entrepôt, cela revenait au même. Si le ciel lui tombait sur la tête comme un oiseau de proie, c'était quand même — le ciel.

Elle arracha son châle et déboutonna son corsage. Releva ses jupes jusqu'à la ceinture. Puis elle lui offrit son grand corps sans plus de préliminaires.

Il était à genoux sur une couverture et la regardait à la lueur jaune de la lanterne. Puis il défit ce qu'il fallait de vêtements à une telle vitesse qu'il s'embrouilla et dut accepter de l'aide.

A plusieurs reprises il eut envie de dire quelque chose. Comme pris par un sentiment religieux. Il aurait pu tout autant réciter son Pater.

Mais elle secoua la tête, et s'enfonça dans l'obscurité avec lui. Son corps était un rocher lisse au clair de lune. Ses odeurs le remplissaient et l'emprisonnaient. Tous ses muscles tremblaient et explosaient. D'un désir si vaste qu'il aurait rempli une église ! Qui déclenchait une véritable avalanche, une lame de fond. Ecumante, puissante et mouillée.

Il fut porté par elle. Se laissa aller dans la tourmente. Les vagues lui passaient par-dessus la tête.

De temps à autre, il revenait à la surface et essayait de la maîtriser.

Elle le laissait faire. Puis elle l'entraînait à nouveau vers le fond. Vers la forêt d'algues. D'algues salées et de courants brusques. Elle le ramenait sur la rive d'où la mer s'était retirée et les varechs faisaient émaner des parfums excitants dans ses narines. Elle le pressait jusque dans les profondeurs, là où les poissons nagent en banc les uns contre les autres. Ventre contre ventre. Il sentait leur odeur. Sentait leurs éperons sur ses flancs. Comme ça !

Puis ils continuaient vers les profondeurs. Et il n'avait plus conscience de rien. Il était vidé de son souffle et de son suc quand elle le ramenait sur la rive. Il se sentait déchiqueté par mille hameçons dans la poitrine et dans l'aine. Son estomac n'était plus qu'un récipient fêlé. Il n'avait plus qu'à mourir. Il avait trouvé son havre.

Mais il ne mourut pas. Avec précaution, elle le laissa se reprendre. Dans le reflux. Il était comme une jeune branche de bouleau. Arrachée de son tronc par une forte tempête. Ayant encore conservé ses feuilles et ses couleurs. Mais ne possédant rien d'autre que de s'être donné — et d'avoir reçu.

Ils n'avaient pas échangé une parole. Dehors, le jour était d'un bleu violet. Des mouettes picoraient sur le toit. La fureur s'était exprimée. Ce n'était pas beau, mais c'était puissant.

Hjertrud les surprit en sortant de son coin, et essaya d'éteindre la lanterne. C'était pendant qu'ils reprenaient leur souffle, allongés l'un près de l'autre.

Elle se pencha pour souffler la flamme. Très, très près du bras de Dina. L'ourlet de sa jupe balaya son bras.

— Non ! cria Dina.

Allongeant le bras pour attraper la lanterne.

Hjertrud hésita et disparut.

Dina s'était brûlé les doigts.

Tomas s'était relevé pour voir. Il la tenait contre lui. Et la consolait tout en soufflant sur sa main. Comme il l'aurait fait pour Benjamin...

Elle voulut reprendre sa main. Il n'avait pas vu Hjertrud ! N'avait pas compris qu'elle voulait leur assombrir le monde.

Dina se rhabilla lentement et soigneusement. Sans le regarder. Quand il la prit dans ses bras, avant de sortir, elle posa son front contre le sien un instant.

— Tomas ! Tomas ! dit-elle simplement.

Cette année-là aussi, les couvertures et tout le reste furent transportés dans la maison.

Tomas portait des fardeaux aussi hauts que des meules de foin. Il y mettait toute son énergie. Sans une plainte. Avant le dîner, tout était en place. Il fit alors un trou dans la mince couche de glace qui recouvrait le tonneau d'eau dans la cour et y plongea la tête et la poitrine. Plusieurs fois. Puis il enfila une chemise propre et alla chez Oline manger sa bouillie du soir.

Il commençait à neiger. Par petits flocons prudents. Notre-Seigneur était bon et discret. Le péché n'est pas toujours aussi grand que le pécheur l'imagine. Tomas était le pécheur le plus heureux du Nordland.

Son corps était courbatu par des gestes inhabituels. Chaque muscle était douloureux. Il en jouissait, heureux et harassé.

13

Avant que le jour se rafraîchisse et que les ombres fuient, reviens, mon bien-aimé, tel le chevreuil ou le jeune cerf sur les montagnes qui nous séparent. (Cantique des Cantiques, 2, 17)

Stine apprenait à Benjamin et à Hanna à maîtriser leur impatience en leur donnant des occupations convenant à leur âge.

De temps à autre, ils se lassaient de sa sollicitude maternelle et envahissaient la salle.

Dina les renvoyait rarement, mais il arrivait qu'elle leur demandât le calme, ou bien refusât de leur parler. Ou encore elle les mettait à compter tous les objets qui se trouvaient dans la pièce.

Benjamin avait horreur de ce jeu. Il obéissait à Dina avec l'espoir qu'elle allait enfin faire attention à lui, au bout d'un certain temps. Mais il trichait avec les chiffres, se souvenant de la fois précédente. Les tableaux, les chaises et les pieds de table.

La petite Hanna ne comprenait pas grand-chose à cette arithmétique et obtenait de piteux résultats.

Comme Johan n'avait toujours pas obtenu de cure, on décida qu'il passerait l'hiver à Reinsnes et qu'il servirait de précepteur à Benjamin.

C'était cependant Hanna qui était toujours fidèlement sur ses talons. Benjamin n'arrivait pas à s'habituer à ce grand frère qui devait continuellement lui prodiguer son enseignement.

On était à quinze jours de Noël. La période la plus chargée de l'année. Oline donnait ses ordres. Anders, Mère Karen et Johan étaient partis faire les dernières courses avant les fêtes, quand Benjamin et Hanna allèrent trouver Dina dans la salle.

Ils se plaignirent de Johan qui avait ordonné à Benjamin de faire ses devoirs, alors qu'on avait décidé depuis longtemps que ce jour-là serait réservé à la fabrication des bougies de l'Epiphanie.

— La journée est assez longue. Le Benjamin, il peut à la fois faire ses devoirs et faire des bougies ! dit Dina.

Hanna courait de pièce en pièce. Comme un chiot qui bouscule tout sur son passage. Dans sa course elle arracha l'étoffe qui recouvrait le violoncelle de Lorch.

Dina regarda fixement l'instrument. La fêlure avait disparu ! Il était entier !

Hanna se mit à pleurer, croyant avoir fait une grosse bêtise, quand Dina se mit à pousser des exclamations.

Stine accourut en entendant des pleurs.

— Le violoncelle du Lorch, il est redevenu entier ! cria Dina.

— Mais c'est impossible !

— En tout cas, il est entier !

Dina s'installa avec le violoncelle sur la première chaise venue. Lentement, sans prêter attention aux autres, elle se mit à accorder l'instrument.

Quand les sons purs emplirent la maison, tous levèrent la tête et Hanna cessa de pleurer.

C'était la première fois qu'on entendait le violoncelle de Lorch à Reinsnes. Il avait un timbre plus profond que celui de Dina. Un son plus sauvage et plus puissant.

Pendant des heures, personne ne prêta attention à d'autres bruits. Même pas celui du vapeur qui se dirigeait vers le sud.

Seul Niels était à son poste comme d'habitude. Il neigeait fort. Le bateau avait plusieurs heures de retard.

Il n'y avait pas beaucoup de passagers, aussi tard dans la saison. Seulement une haute silhouette sombre portant à la main un sac de voyage en cuir et sur l'épaule, un sac de marin. Avec son magnifique bonnet en peau de loup et sa pelisse, il était difficilement reconnaissable dans l'obscurité de l'Avent.

Mais Tomas se tenait à la porte de l'écurie quand l'homme remonta de la rive avec Niels. Ils traversèrent la cour, allant vers le perron d'entrée.

Tomas fit un salut emprunté à l'étranger quand il reconnut la cicatrice sur la joue gauche. Puis il rentra dans l'écurie.

Léo Zjukovskij demanda poliment à être hébergé quelques jours. Il était fatigué de plusieurs jours de voyage en pleine tempête dans le Finnmark. Il voulait surtout ne pas déranger. Il avait compris que Madame faisait de la musique...

Pendant tout ce temps, on entendait le violoncelle de Lorch venant de là-haut. Son ton grave et harmonieux, comme s'il n'avait jamais été fêlé.

On servit Léo Zjukovskij en toute simplicité dans la cuisine d'Oline, sur sa demande expresse.

On lui raconta l'histoire du violoncelle. Qui pendant des mois avait porté la marque d'une fêlure et qui, comme par miracle, était redevenu entier. Et la joie de Dina en retrouvant ce vieil instrument dont elle avait hérité du pauvre Lorch.

Niels lui tint compagnie un moment. Mais quand Stine entra avec les enfants, il prétendit avoir du travail à faire, et s'en alla.

Stine voulut prévenir Dina de l'arrivée du visiteur. Léo Zjukovskij s'y opposa fermement. Mais si l'on pouvait ouvrir les portes afin de mieux entendre la musique...

L'homme mangeait de la bouillie, accompagnée du sirop de framboise fait par Oline. Il lui était très reconnaissant de l'avoir accueilli dans sa cuisine, et la remercia du repas servi en s'inclinant légèrement pour lui baiser la main.

Personne n'avait fait la cour à Oline depuis la mort de Jacob. Elle commença à s'agiter. Parla fiévreusement de la maison, des gens et des récoltes. Une heure passa. Oline vaquait à ses occupations, allait et venait.

Léo était aux écoutes. En même temps, son regard allait vers la porte. Ses narines vibraient. Mais il cachait ses pensées derrière un front sérieux et poli.

Oline était enthousiasmée par la simplicité avec laquelle il rajoutait de lui-même des bûches dans le poêle. Sans faire d'histoires. Elle eut un hochement de tête admiratif vers l'homme.

Le violoncelle de Lorch se lamentait. Tomas ne vint pas manger son dîner. Le Russe était à la cuisine !

Dina était en train de descendre pour aller chercher du vin, pour fêter le violoncelle de Lorch. Elle ne connaissait pas la pelisse de loup jetée sur une chaise.

Mais elle reconnut le sac de voyage en cuir. A sa vue et à son odeur, elle vacilla et dut s'agripper.

Elle pencha tout son grand corps par-dessus la rampe. Recroquevillée, comme atteinte d'une forte douleur. Ses mains, qui s'agrippaient au bois lisse, furent mouillées de transpiration en un instant. Elle s'assit sur une marche, tempêtant contre Jacob qui commençait à s'en mêler.

Mais il n'était pas bon à grand-chose. Aussi pris de court qu'elle l'était elle-même.

Lentement, elle remonta ses jupes, écarta les genoux

pour placer ses pieds sur la marche en dessous. Fermement. Sa tête pendait entre ses mains, comme si on la lui avait remise après l'avoir coupée.

Elle resta ainsi assise jusqu'à ce qu'elle s'habitue à l'obscurité de l'entrée éclairée seulement par une bougie sur la console. Puis elle se leva avec une infinie lenteur et descendit l'escalier. Attrapa avidement le sac de voyage. Comme pour s'assurer de la réalité de son existence. Puis elle l'ouvrit et fouilla son contenu. Trouva un livre. Cette fois encore. Soupira et le cacha sous son châle. Et referma le sac.

La flamme de la bougie tremblait quand elle se releva. Elle avait pris un gage.

Elle remonta l'escalier. Silencieusement. Cessa d'entretenir le feu. Pour que personne n'entende la porte du poêle qu'on refermait.

Et elle se coucha tout habillée, le regard rivé sur le loquet de la porte. De temps à autre, ses lèvres bougeaient. Mais elles ne proféraient aucun son. Il ne se passait rien. Et Jacob, assis au bord du lit, la regardait.

Stine accompagna le visiteur jusqu'à sa chambre. Il n'avait pas voulu que l'on chauffe à cause de lui. Il se sentait parfaitement bien et avait très chaud, avait-il prétendu.

Stine alla chercher des serviettes de toilette et remplit les brocs d'eau chaude et d'eau froide.

Il s'inclina en remerciant, tout en étudiant la chambre. Comme s'il s'attendait à voir quelque chose surgir des murs.

Une des servantes, Tea, était venue chercher quelque chose. Elle lambinait près de l'armoire à linge et jetait des regards furtifs dans la chambre. Elle voulait sa part de l'étranger, elle aussi.

Quelque chose chez cet homme intimidait Stine. Elle se dépêcha et se retira à reculons vers la porte ouverte en murmurant bonne nuit.

— Dina Grønelv est allée se coucher ? demanda-t-il au moment où elle allait disparaître.

Stine perdit contenance.

— Elle jouait, il n'y a pas longtemps... Faut-il aller voir ?

Léo refusa de la tête. Il s'avança vers elle et resta sur le seuil de la chambre.

— C'est là qu'elle dort ? murmura-t-il, en hochant la tête vers l'obscurité, en direction de la salle.

Stine fut si étonnée qu'elle n'eut même pas le temps d'être choquée par l'inconvenance de la question. Elle acquiesça d'un signe seulement, se retirant avec force révérences dans le noir, jusqu'à la chambre où dormaient les enfants.

Le silence s'installa dans la grande maison. Dehors, la nuit n'était pas tellement froide. Mais noire, avec un ciel plombé. Dedans, il y avait un palier sombre et deux portes fermées.

Des communs, on observait les lumières de la salle. Pour Tomas, la nuit fut un enfer. Elle lui tint au corps comme une sangsue, jusqu'au lever du jour.

Tea racontait que le Russe à la cicatrice était arrivé par le vapeur, le soir précédent. Elle était montée à la salle pour allumer le feu le matin.

— Lui qu'était là c't'automne quand l'étable a brûlé ! ajouta-t-elle.

— Ah bon ! disait Dina du fond de ses oreillers.

— Il avait avec lui son sac de marin et son sac de voyage. Il voulait pas déranger Madame. Il demandait d'ouvrir la porte pour entendre le violoncelle... Il est resté assis dans la cuisine pendant des heures. L'Oline l'était morte de fatigue, l'feu était éteint, et tout !

— Et l'Niels, l'était pas là ?

— Ouais, un moment, l'temps d'une pipe ou deux. Mais pas d'punch...

— A la cuisine ?

— Oui.

— Il a dit c'qui l'amenait ?

— Non, il demandait juste à être nourri et hébergé, il avait eu très gros temps dans le Nord. Il disait pas grand-chose, juste questionnait. Sur tout. Et l'Oline n'faisait que bavarder sur tout !

— Assez avec Oline ! Il attend l'prochain vapeur ?

— J'en sais rien.

— Et la Stine était pas là ?

— Ouais, c't'elle qui l'a accompagné dans la chambre avec l'eau et tout... J'l'ai entendu demander si Madame dormait là, et...

— Chut ! N'fais donc pas tant de bruit avec la porte du poêle !

— J'ai pas fait exprès...

— Bon.

— J'voulais dire seulement qu'il... qu'il avait envie de bavarder...

— Tu voulais dire c'que tu voulais dire. Mais arrête de claquer la porte du poêle.

— Bon.

Tea continua. Presque sans bruit.

La chaleur commença à envahir la pièce. Ça grondait et ronronnait dans le grand ventre noir.

Dina resta couchée, toujours tout habillée, jusqu'à ce que Tea s'en aille pour aller frapper à la porte de l'étranger.

Elle se leva alors et lança sur une chaise les témoins de cette nuit bizarre. Vêtement après vêtement. Elle fit couler de l'eau tiède sur sa peau nue, et tint Jacob à distance.

Elle prit son temps pour brosser ses cheveux et pour s'habiller. Choisissant une jupe de drap noir et un corsage rouille. Sans broche, ni fioriture. Nouant un châle en tricot vert mousse autour de ses épaules et de sa taille, à la manière des servantes. Puis elle aspira profondément et descendit lentement pour prendre le petit déjeuner.

Mère Karen venait de rentrer de Strandstedet, et se lamentait de n'avoir pas été là, la veille au soir, quand il leur était arrivé un visiteur.

Oline paraissait vexée, on se demandait bien de quoi, et pinçait les lèvres, ce qui n'annonçait rien de bon.

Dina remarqua en bâillant que ce n'était pas si grave que ça, cet homme n'était ni un haut fonctionnaire, ni un prophète. On pouvait toujours réparer en lui offrant un bon dîner en plein Avent.

Mère Karen commença par ordonner de servir un petit déjeuner plantureux, avec des tas de bonnes choses.

Oline lui jeta un regard furieux, et pensa à tout ce qu'elle avait à faire dans la matinée. La femme qui venait aider à la pâtisserie allait venir le lendemain. Tout était en retard. Il y avait eu des maladies dans toute la province qui avaient tenu les gens au lit pendant des jours et des jours. Toutes les aides qu'on attendait d'ailleurs étaient retardées. Et la nouvelle vachère n'avait pas encore beaucoup d'expérience, malgré sa bonne volonté. Stine avait bien assez de travail avec les enfants, et Dina n'y connaissait rien aux travaux du ménage.

Comment une pauvre malheureuse comme elle pouvait-elle s'en sortir ?

Un petit déjeuner plantureux ! Ah ouiche !

— Alors, Léo Zjukovskij nous a rendu visite avant l'été ?

La voix de Dina était glacée.

Elle l'avait entendu descendre l'escalier, et se trouva une occupation dans l'entrée.

Le sourire qu'il lui destinait se figea.

— Peut-être qu'on ne reçoit pas de visiteurs juste avant Noël ici à Reinsnes ? demanda-t-il en s'avançant les deux mains tendues.

— A Reinsnes on reçoit tous les visiteurs, ceux qui ont promis de venir et les autres...

— Alors je ne dérange pas ?

Elle resta debout à le contempler sans répondre.

— D'où arrivez-vous ? demanda-t-elle en lui tendant la main.

— Du nord.

— Le nord, c'est vaste.

— Oui.

— Allez-vous rester longtemps ici ?

Il tenait sa main entre les deux siennes, comme s'il voulait la réchauffer.

— Jusqu'au prochain vapeur, si on m'en donne la permission ? Je vais essayer de ne pas déranger.

— Avez-vous toujours les mêmes bons cigares ?

— Oui.

— Alors on en fume un à jeun, avant le petit déjeuner ! Du reste, y a un livre plein de signes incompréhensibles en russe qui m'est arrivé dans la salle. Cette nuit.

Ses deux yeux souriaient, mais son visage était grave.

— Tu peux le garder... Les livres supportent mal l'humidité, les reliures se défont pendant tous ces voyages en mer. Mais je voudrais traduire les poèmes. Ce sont des joyaux. Dans un monde en folie. Je vais en faire une traduction que tu pourras y joindre. Connais-tu Pouchkine ?

— Non.

— Je suis prêt à en parler, si cela a quelque intérêt.

Elle fit un signe affirmatif. Ses yeux étaient encore pleins de rage aveugle.

— Dina... dit-il doucement.

Le gel avait déposé de la dentelle sur toutes les vitres. Une vague odeur d'encens venait du salon.

— Barabbas n'est pas un forgeron, chuchota-t-elle en frottant son index sur le poignet de l'homme.

14

Il ouvrit le rocher et des eaux coulèrent ; elles se répandirent comme un fleuve dans les lieux arides. (Psaumes, 105, 41)

Niels restait dans le sillage de Léo, comme s'il recherchait la protection du Russe. Il venait même assister aux repas dans la maison des maîtres, et passait la soirée dans le fumoir. Ils poursuivaient tous deux des conversations à voix basse.

Anders était très occupé par les préparatifs de la pêche aux Lofoten, qui commençait après Noël. Il était en continuels déplacements. Un de ses bateaux ayant ramené d'Andenes une grosse quantité de loup noir, on le surnommait ces dernières années, dans toute la région et bien au-delà, « le roi du loup noir ». On avait fait l'achat de nouvelles seines, aussi bien pour les grands fonds que pour la remorque.

Un jour où la famille du commissaire était en visite, Anders arriva avec des plans au moment de se mettre à table. Fier comme un coq, il les déplia sur un coin vide de la table.

Le plat de petit salé attendait, fumant, pendant que tout le monde se pressait pour contempler la merveille.

Anders voulait construire une cabine sur la barque à cinq rameurs et y installer un poêle, pour éviter d'aller à terre pour manger. De cette manière, ils pouvaient naviguer nuit et jour et dormir à l'abri à tour de rôle.

Le commissaire hochait la tête en tirant sur sa barbe. Il pensait que ça avait une allure plutôt bizarre, mais que ça pouvait en effet être utile. Avait-il, au fait, demandé l'avis de Dina ?

— Non, dit-il en jetant vers Dina un regard furtif.

Niels trouvait que c'était de la folie. Et comme le bateau en serait enlaidi ! Trop haut sur l'arrière et difficile à manœuvrer.

Léo pensait que c'était une bonne idée. Les bateaux de pêche russes n'étaient pas très élégants non plus, mais cela ne les empêchait pas de bien tenir la mer. Il regardait les plans présentés par Anders avec un hochement de tête approbateur.

Dina donna une bourrade dans l'épaule d'Anders et dit avec bonne humeur :

— Anders est un malin. Il aura sa cabine sur la barque.

Ils se regardèrent un instant. Puis Anders replia ses plans et s'assit. Il avait obtenu ce qu'il voulait.

Je suis Dina. Eve et Adam avaient deux fils. Caïn et Abel. L'un tua l'autre. D'envie.

Anders ne tue personne. Mais c'est lui que je veux garder.

La présence de Niels à table et sa manière de s'adresser continuellement à Léo agaçaient Dina comme une couche d'insectes qui se serait posée sur son assiette. D'abord, elle le contempla avec son petit sourire, puis elle exigea l'attention d'Anders et de Léo.

Stine était également sur ses gardes tant que Niels était présent. Chaque fois que c'était nécessaire, elle s'adressait aux enfants à voix basse et impérative. Elle les traitait comme des chiots, avec une douce autorité. Contrairement aux usages, ils étaient à table avec les adultes. Ils avaient le droit de la quitter dès la dernière bouchée avalée. On avait des difficultés à les mettre au lit. Mais l'usage du martinet était inconnu à Reinsnes. C'était Dina qui en avait décidé ainsi. Si on pouvait dompter un cheval sauvage rien qu'en lui montrant le fouet, on pouvait mater deux petits gosses par un seul regard.

Stine n'était pas toujours du même avis, mais elle n'en disait rien. Les fois où elle devait tirer les oreilles de Benjamin, cela restait entre eux.

Benjamin acceptait les punitions de Stine parce qu'elles étaient toujours justes. En plus, il émanait de Stine une odeur spéciale quand elle faisait un effort. Benjamin était habitué à cette odeur depuis sa plus tendre enfance.

Sa poigne lui était familière, dans la colère comme dans le calme, et était aussi inévitable que les changements de temps ou de saisons. Il n'était pas rancunier et les larmes le soulageaient immédiatement.

Hanna était différente. Celle-là, il ne fallait pas la punir sans lui expliquer pourquoi. Sans cela, on risquait un déluge de cris, de panique et d'imprécations. Et personne n'arrivait à la consoler, sauf Benjamin.

Juste le jour où le commissaire et sa famille étaient en visite, Benjamin en profita pour très mal se tenir à table.

Le commissaire marmonna avec irritation que c'était vraiment trop de deux enfants à Reinsnes qui grandissaient sans autorité paternelle.

Stine baissa la tête, écarlate de honte. Niels contempla le mur, comme s'il venait d'y découvrir un insecte rare au beau milieu de l'hiver.

Mais Dina se mit à rire et renvoya Benjamin et Hanna, leur donnant l'ordre d'aller terminer leur repas chez Oline à la cuisine.

Ils prirent leurs assiettes, et s'en allèrent ravis, sans montrer le moindre regret.

— J'peux pas dire qu'mon père ait été nécessaire à mon éducation. Ça, tout l'monde le sait.

Ce fut comme si on venait de cracher en pleine figure du commissaire.

Mère Karen jetait des regards désespérés aux uns et aux autres. Mais elle ne trouvait rien à dire. L'atmosphère prit un goût de graisse rance quand Dina ajouta :

— La petite Dina, elle a guère senti la main de son père quand elle était en nourrice dans la métairie à Helle. Et la voilà quand même maîtresse de Reinsnes.

Le commissaire était sur le point de se lever, en fureur. Mais Dagny le prit fermement par le bras. Elle l'avait prévenu. S'il n'arrivait pas à éviter les disputes avec Dina pendant leurs visites à Reinsnes, elle n'y mettrait plus jamais les pieds.

Car les mots vengeurs et méchants de Dina, quand le commissaire lui faisait des observations, retombaient aussi sur Dagny. Oui, en fait, il n'y avait qu'elle qui se sentait humiliée. Car le commissaire était aussi imperméable aux piques qu'un morse en chaleur.

Il fit un sérieux effort pour se contenir et murmura quelque chose pour faire croire que ce n'était qu'une plaisanterie. Puis il se lança dans une conversation animée avec Anders sur la construction de la cabine du bateau.

Pendant tout le reste du repas, les yeux de Léo reposèrent comme deux faucons sur tous les convives autour de la table.

Tout le monde semblait paralysé par tout ce que Dina n'avait pas dit quand elle avait lancé sa réponse effrontée.

Stine ne leva pas les yeux avant de quitter la pièce une demi-heure plus tard.

La soirée fut brève. Tout le monde alla se coucher tôt, et la famille du commissaire repartit le lendemain matin.

Mère Karen essaya d'arranger les choses. En

envoyant de nombreux cadeaux et en bavardant aimablement avec Dagny avant leur départ.

Dina fit en sorte de ne pas se réveiller à temps, si bien qu'elle dut leur crier au revoir de la fenêtre pendant qu'ils descendaient vers l'embarcadère.

— Et joyeux Noël ! cria-t-elle tout aimable en leur faisant signe de la main.

Cette période d'avant Noël se distinguait par des changements continuels, depuis les matins noir d'encre jusqu'à la magie des après-midi sombres sur les traces verglacées dans la neige. Une activité fébrile glissait lentement vers le calme des lourdes soirées. Les animaux aussi étaient influencés par ce rythme, même s'ils ne voyaient pour ainsi dire pas le jour.

Tard dans la soirée, le violoncelle de Lorch se faisait entendre, et il y avait des bougies à toutes les fenêtres. Il n'était plus question de faire des économies sur l'éclairage. Autrement en hiver, on réservait pour tous les jours six bougies au salon. Deux allumées en même temps. En plus des quatre grandes lampes.

Cela sentait bon le savon noir et la pâtisserie, les bûches de bouleau et l'encens. Oline avait de l'aide pour confectionner les gâteaux. Une odeur délicieuse flottait dans la cuisine et dans l'office. Mais, par exemple, elle ne confiait à personne la confection de la pâte feuilletée. Elle était pétrie de ses propres mains enfarinées, sur la grande table de l'entrée de service. La porte grande ouverte sur la nuit glacée de décembre.

Elle trônait comme un gros animal affairé, habillée d'une pelisse et les cheveux protégés par un fichu. Son visage blanchissait petit à petit, avec deux roses de froid sur les joues.

Les crêpes étaient rangées dans leurs boîtes, dans le grenier de l'entrepôt. Les gâteaux dans l'énorme garde-manger. Les roulés de viande sous presse dans la cave. Pendant une journée entière, on entendait le bruit du hachoir dans le fournil, avant qu'Oline ne prépare les saucisses. Les laitages étaient versés dans de grands bols et recouverts de cannelle et d'un linge. Les pains étaient rangés dans les panetières, et il devait même y en avoir suffisamment pour la pêche aux Lofoten.

Il y avait assez de pièces et de place à Reinsnes. Dina aurait pu se réserver une certaine intimité avec Léo Zjukovskij, si elle l'avait voulu. Mais il y avait beaucoup de portes. Que l'on ouvrait ou que l'on fermait, auxquelles on ne frappait jamais. De ce fait, Léo appartenait à tout le monde.

On n'attendait pas le vapeur avant Noël. Peut-être même pas avant le Nouvel An !

Léo Zjukovskij discutait politique ou religion avec Johan. Avec Madame Karen, il parlait de littérature ou de mythologie. Il feuilletait ses livres. Mais il avouait lire plus facilement le russe ou l'allemand que le norvégien.

Il devint, pour tout le monde, Monsieur Léo. Il glissait des pièces à Tea, qui lui allumait son poêle le matin. Mais personne ne savait d'où il venait, ni où il allait. Quand on le lui demandait, sa réponse était convaincante, mais évasive, sans précision de date ou d'endroit.

A Reinsnes, on avait l'habitude des étrangers, aussi on acceptait cela avec une politesse tranquille. On essayait plutôt d'interpréter tous les signes du Russe, selon ses capacités ou ses intérêts.

Dina avait compris qu'il avait dû aller en Russie entre-temps, car il avait avec lui des livres russes. Une fois ou deux, elle s'était glissée dans sa chambre, quand elle savait qu'il était à la boutique. Elle reniflait son odeur. De tabac et de cuir.

Elle feuilletait les livres. Il y avait des passages soulignés, mais pas de notes en marge, comme Johan avait coutume de le faire. Seulement de minces traits au crayon.

Un des premiers jours, Anders demanda à Léo quand il avait été à Bergen la dernière fois.

Léo répondit seulement :

— J'y étais cet été.

Puis il se mit à chanter les louanges du caboteur *Mère Karen*, qui était en cale sèche et attendait d'être mis à la mer pour partir aux Lofoten.

— Les bateaux du Nordland, ce sont de vrais bateaux ! disait-il.

Et les yeux d'Anders se mettaient à briller, comme si le bateau était à lui.

Léo tombait la veste, dansait et chantait le soir. Sa belle voix de basse emplissait la maison. On venait de la cuisine et des communs pour l'entendre et le regarder. On ouvrait les portes, et les yeux papillotants, accoutumés à l'obscurité de l'hiver, se mettaient à briller à la chaleur et au son du chant.

Dina avait appris les mélodies à l'oreille, et elle les jouait au piano.

Le violoncelle de Lorch ne descendait jamais de la salle. Elle prétendait qu'il ne supportait aucun changement.

Le soir de Noël, la neige remplissait le ciel d'un blanc laiteux. Le temps s'était tout à coup mis au dégel. Cela n'annonçait rien de bon pour le déroulement des festivités. La couche de neige nécessaire aux traîneaux pouvait fondre en moins d'une journée, et la mer était déjà agitée. Une tempête de neige menaçait, sans vouloir vraiment éclater. On ignorait de quelle force elle serait.

A cheval, Dina longeait la grève, parce que les pattes traversant la neige poreuse se blessaient sur la couche de verglas en dessous.

Elle laissa Lucifer aller à sa guise, fixant l'horizon couvert au loin.

Elle avait pensé inviter Léo à une promenade à cheval, mais il était déjà parti dans la boutique. Elle voulait l'obliger à se déclarer. Mais il n'avait pas répété les paroles dites sur le palier le lendemain de l'incendie.

Le front barré d'une ride, elle contempla la ferme un instant.

Les bâtiments se serraient les uns contre les autres et envoyaient des rayons de lumière jaune de toutes les fenêtres. Les baies gelées des sorbiers et les gerbes d'avoine recevaient la visite des moineaux, petits mendiants venus du ciel, à coups d'ailes rapides. La trace des bêtes et des hommes, fumier et détritus, était déposée en tas gris et bruns autour des maisons au milieu de tout ce blanc. Les glaçons dégoulinant des toits jetaient des ombres dentelées sur les congères.

Dina avait l'air sombre.

Mais elle souriait une heure après, en s'arrêtant devant l'écurie.

Cela inquiéta Tomas. Il prit les rênes et retint Lucifer, tandis qu'elle sautait à terre et donnait au cheval une tape sur le flanc.

— Donne-lui une portion en plus... murmura-t-elle.

— Plus que les autres ?

Elle le regarda étonnée.

— Fais comme tu veux.

— J'peux avoir un ou deux jours de congé pendant les fêtes ? demanda-t-il.

Il donnait des coups de pied dans un tas de crottin glacé.

— Fais seulement attention qu'il y ait quelqu'un à l'écurie et à l'étable, dit-elle aimablement, sur le point de partir.

— Il va rester longtemps, M'sieur Léo ?

La phrase découvrait ses intentions. Demander des comptes... s'arroger le droit de poser des questions.

Dina était sur le point de donner une réponse cinglante. Mais elle se contint tout à coup.

— Non, pourquoi rester à Reinsnes, Tomas ?

Elle se penchait vers lui.

Il pensa aux premières herbes que l'on mâche au printemps. A l'été nu...

— Les gens vont et viennent à Reinsnes... ajouta-t-elle.

Il ne sut que dire. Flatta d'une tape indifférente le cheval.

— On lui souhaite un joyeux Noël !

Des yeux, il caressa sa bouche. Ses cheveux.

— Mais tu vas manger un morceau avant d'partir, dit-elle avec insouciance.

— J'préfère apporter avec moi quelques bons morceaux, si ça peut s'faire.

— L'un n'empêche pas l'autre.

— Merci.

Tout à coup elle s'emporta.

— Faut pas avoir l'air si malheureux, Tomas !

— Malheureux ?

— T'es comme une calamité ambulante ! lança-t-elle. Quoi qu'il t'arrive, t'as une tête d'enterrement.

Il se fit un grand silence. Puis l'homme aspira profondément. Comme s'il se préparait à souffler toutes les bougies en une fois.

— Une tête d'enterrement, Dina ? dit-il finalement en insistant sur chaque mot.

Il la regardait droit dans les yeux. Ironiquement ?

L'instant passa. Les épaules râblées s'affaissèrent. Il fit rentrer le cheval et lui donna de l'avoine, comme elle l'avait demandé.

Léo sortait de sa chambre au moment où elle montait l'escalier.

— Viens !

Elle lança ça comme un ordre, sans préambule. Il la regarda étonné, mais la suivit. Elle ouvrit la porte de la salle et l'invita à entrer. C'était la première fois qu'ils se retrouvaient seuls depuis son arrivée. Elle indiqua du doigt l'une des chaises près de la table.

Il s'assit et de la main voulut la faire asseoir sur la chaise la plus proche. Mais Jacob y était déjà installé.

Elle commença à enlever sa veste. Il se leva pour l'aider. Déposa avec précaution la veste sur le grand lit.

Elle ne porta pas attention à Jacob et s'assit devant la table. Ils semblaient être les personnages d'un tableau. Jacob en était le spectateur.

Personne n'avait dit mot.

— Dina a l'air grave, dit Léo en guise d'introduction.

Et il croisa ses cuisses l'une sur l'autre, tout en regardant les deux violoncelles. Laissa son regard errer sur la fenêtre, la glace, le lit. Pour revenir ensuite sur le visage de Dina.

— J'veux savoir qui tu es !

— Juste aujourd'hui ? Juste la veille de Noël ?

— Oui.

— J'essaie tout le temps de trouver qui je suis. Et si j'appartiens à la Russie ou à la Norvège.

— Et de quoi tu vis en attendant de te décider ?

Il y eut un éclair dans les yeux verts.

— De la même chose que Madame Dina, des biens et de la fortune de mes ancêtres.

Il se leva, s'inclina et se rassit.

— Madame voudrait accepter le règlement de ma note tout de suite ?

— Seulement si Monsieur devait partir demain.

— Ma dette va augmenter au fur et à mesure que les jours passent. Vous voulez peut-être une garantie ?

— Je l'ai déjà. Les poèmes de Pouchkine ! Et du reste, c'est pas dans nos habitudes ici, chez nous, d'faire payer les visiteurs. C'est même bien pour ça qu'on veut tellement savoir qui on a dans la maison.

Cela travaillait dans sa tête. Il serrait tellement les mâchoires que deux boules apparaissaient. Une de chaque côté.

— Dina semble peu aimable et ennuyée, dit-il tout de go.

— C'était pas mon intention. Mais tu te caches.

— La communication avec Dina n'est pas facile... sauf quand elle joue. Et alors ce n'est pas le moment de lui parler.

Elle ne releva pas l'ironie.

— Tu as dit... avant de partir... que tu m'faisais la cour. C'était seulement une plaisanterie ?

— Non.

— Qu'est-ce que tu voulais dire ?

— C'est plutôt difficile à expliquer, pendant un interrogatoire comme celui-ci. Vous avez l'habitude de recevoir les réponses que vous désirez, n'est-ce pas ? Des réponses concrètes à des questions concrètes ? Mais quand on fait la cour à une femme qu'on rencontre, ce n'est pas concret. C'est un défi sentimental. Qui demande du tact et du temps.

— C'est le tact et le temps qu'il te faut quand t'es tout l'temps en train de conspirer avec le Niels dans le bureau ?

Léo se mit à rire. Découvrant toutes ses dents.

— C'est exactement ce que je voulais, siffla-t-elle en se levant. Tu peux t'en aller, ajouta-t-elle.

Il baissa la tête, comme pour cacher son visage. Puis il la releva tout à coup et dit humblement :

— Ne sois pas si fâchée ! Joue-moi plutôt un morceau, Dina !

Elle secoua la tête, mais se leva quand même et alla vers les instruments. Laissa sa main glisser sur le violoncelle de Lorch, tout en regardant l'homme.

— C'est de quoi que vous parlez, le Niels et toi ? demanda-t-elle brusquement.

— Vous voulez tout savoir de tout le monde ? Tout contrôler ?

Elle ne répondit pas. Laissa seulement sa main caresser les instruments par de grands mouvements circulaires. Suivait les lignes de leurs corps. Cela faisait un bruit ténu dans la pièce. Comme un murmure venant de l'au-delà.

— On parle de Reinsnes. De la boutique. Des comptes. Niels est un homme modeste. Très seul... Mais vous savez tout ça ? Il dit que Madame Dina est autoritaire et se mêle de tout.

Pause. Dina se taisait.

— Ce matin, on disait que ce serait une idée d'agrandir la boutique, pour en faire un local plus moderne. Plus clair. Avec de la place pour plus de marchandises. Qu'il serait possible d'établir des contacts avec la Russie, pour obtenir des marchandises qui sont introuvables ici dans le pays.

— Tu discutes de Reinsnes avec un de mes employés, et pas avec moi ?

— Je croyais que vous aviez d'autres intérêts.

— Et quels intérêts ?

— Les enfants. La tenue d'une maison.

— Alors tu sais vraiment pas quelles charges reposent sur les épaules d'la veuve d'un maître aubergiste. J'préfère qu'tu discutes de Reinsnes avec moi, pas avec mes employés ! Et quel intérêt à Reinsnes pour toi, au fait ?

— Cette sorte de société m'intéresse. C'est tout un monde, pour le meilleur et pour le pire.

— C'est pas la même chose dans le pays d'où tu viens ?

— Non, pas tout à fait. Les gens sont moins libres quand ils ne possèdent pas de terre. Les petites gens ont moins de raison de montrer de la loyauté, comme chez vous. Les temps sont difficiles en Russie.

— C'est pour ça que t'es ici ?

— Entre autres ! Mais il m'est arrivé une fois d'éteindre un incendie à Reinsnes...

Il s'approcha. La faible lumière du jour marquait les profonds sillons de son visage sévère.

Ils étaient debout, le violoncelle entre eux. Il posa sa main sur l'instrument lui aussi. Lourde comme une pierre chaude de soleil.

— Pourquoi t'as mis tant de temps à venir ?

— Tu as trouvé le temps long ?

— Ce n'est pas seulement une idée. Tu devais revenir avant l'hiver, tu l'avais dit.

Il eut l'air amusé.

— Tu te souviens si bien de ce que j'ai dit ?

— Oui, gronda-t-elle.

— Alors tu pourrais être gentille quand je suis là, murmura-t-il, juste contre son visage.

Ils restèrent ainsi, se regardant dans les yeux. Longtemps. Se mesurant. S'interrogeant gravement.

— Quelle gentillesse faut-il montrer à un Barabbas ? demanda-t-elle.

— Il n'en faut pas tellement...

— Quoi donc ?

— Un peu d'amabilité.

Il lui prit le violoncelle des mains et le replaça contre le mur. Avec précaution. Puis il saisit ses poignets.

Quelque part dans la maison quelqu'un cassait quelque chose. Cela fut suivi des pleurs de Benjamin.

Un instant, il vit quelque chose passer dans ses yeux. Puis ils glissèrent ensemble contre le mur. Il n'aurait jamais pensé qu'elle possédait tant de force. Sa bouche, ses yeux ouverts, son souffle, son grand corps généreux. Elle lui rappelait les femmes de son pays. Mais elle était plus dure. Plus entreprenante. Plus impatiente.

Ils étaient comme un nœud dans l'obscurité du mur. Un nœud serré et mouvant dans le tableau de Jacob.

Léo la tint légèrement à distance et murmura :

— Joue quelque chose, Dina ! Pour nous sauver.

Elle eut un cri sourd de bête. Elle se serra un instant contre lui. Puis elle attrapa l'instrument, l'amena à la chaise et ouvrit les cuisses pour l'accueillir.

L'archet se leva vers la lumière grise du jour.

Les sons sortirent. D'abord incertains et sans harmonie. Puis le bras prit de l'assurance et de la souplesse. Elle était lancée. Et Jacob avait disparu.

Léo, les bras ballants, contemplait sa poitrine contre l'instrument. Ses longs doigts qui tremblaient parfois pour donner de la profondeur au son. Son poignet. Les pantalons de cuir qui trahissaient la généreuse fermeté de ses cuisses. Sa joue. Puis ses cheveux retombèrent en avant et cachèrent son visage.

Il traversa la pièce et prit la porte. Qu'il ne referma pas derrière lui. Il ne ferma pas la sienne non plus. Une ligne invisible était tirée sur les larges lattes du plancher. Entre la chambre du visiteur et la salle.

15

> J'étends mes mains vers toi, mon âme soupire après toi comme une pierre desséchée.
> (Psaumes, 143, 6)

Madame Karen avait préparé tous les paniers et toutes les caisses qu'on devait distribuer aux trois métairies, ou à certains nécessiteux de sa connaissance. Occasionnellement, elle les faisait parvenir aux destinataires, ou bien en informait ceux qui venaient à la boutique acheter le strict nécessaire pour les fêtes.

Oline les recevait à la cuisine. Là, il faisait bon, et l'ordre y régnait jusqu'aux moindres détails.

Bottes, snow-boots et manteaux étaient soigneusement alignés près de la grande cuisinière noire et ventrue. Il fallait les faire dégeler, sécher et réchauffer pour le chemin du retour. Il y avait toujours de l'eau chaude dans le réservoir derrière la cuisinière. Nouvellement astiqué et étincelant, il se reflétait sur toute la batterie de casseroles quand on enlevait les rondelles pour y mettre la cafetière.

Toute la semaine, des gens étaient venus et repartis. Avaient mangé et bu. Avaient passé un moment à la boutique, assis sur des escabeaux, des tonneaux ou des caisses, attendant un bateau.

Il n'était pas question d'être strict sur les heures d'ouverture. La boutique était ouverte tant qu'il y avait du monde. C'était comme ça. Niels et le garçon allaient des uns aux autres.

Il fallait continuellement déplacer les rondelles du poêle à étage pour y faire chauffer la cafetière. L'eau bouillonnait jusqu'à en déborder par le bec.

Après beaucoup de vacarme et de vapeur, on finissait par retirer la cafetière du feu pour y verser le café.

Il y avait sur le plancher une pierre plate où la poser. Le café y infusait et tous ceux qui entraient, venant du noir, du froid et des embruns, recevaient ce parfum en plein nez.

Après le dernier client, on rinçait vaguement des tasses à fleurs bleues bordées d'un filet d'or, au nombre de six, pour servir les nouveaux venus. Un grain mal moulu se collait comme une coque de bateau sur le bord de la tasse. Oscillait quand un malheureux, transi, prenait la tasse pour se réchauffer et porter l'amer nectar à ses lèvres. On offrait aussi du sucre roux et des gâteaux secs.

A certains on offrait la goutte, mais dans une autre pièce. Mais c'était plutôt chose rare à Reinsnes. Niels pensait que c'était une habitude à conserver.

Dans la cuisine bleue d'Oline on ne servait aucun alcool. Mais Oline s'octroyait de temps à autre un solide café à l'eau-de-vie, bon pour sa circulation.

Il était rare que quelqu'un vienne goûter le sherry de Mère Karen dans le salon.

Dina recevait elle-même peu de visites. Ceux qui venaient, elle les recevait au salon comme des invités de la maison.

Niels aimait bien la période avant Noël. On faisait un chiffre d'affaires maximum sur d'excellentes marchandises au choix varié. Par une curieuse habitude, plus le commerce était florissant, plus il fronçait le front.

Cette veille de Noël, ses rides étaient spécialement

profondes pendant qu'il passait en revue les rayons à moitié vides et les réserves et entrepôts vides. Il avait l'air d'un homme acculé à la ruine.

Quand Anders entra en sifflant, habillé de sa chemise des dimanches, Niels fit remarquer sur un ton plaintif qu'il restait si peu de farine qu'il n'y en avait plus assez pour les provisions de la pêche aux Lofoten.

Mais Anders se mit à rire. Il prenait avec bonne humeur les prétendues inquiétudes de Niels à propos des caisses et des rayons vides. Mais il arrivait qu'il s'étonne que les bénéfices ne soient pas plus importants. Car ils avaient de nombreux et solides clients. Et ceux qui s'armaient pour la pêche étaient presque sans exception tous des gens honnêtes, qui payaient ensuite en argent ou en poisson.

Quand tout fut bouclé derrière le dernier client, Niels s'enferma seul pour une messe solitaire. Dans le bureau de la boutique, derrière une porte verrouillée et des rideaux tirés.

Soigneusement, il empaqueta ses offrandes dans deux épaisses enveloppes qu'il posa sur la table. Il baissa ensuite la mèche de la lampe à pétrole et se dirigea vers l'autel avec l'une des enveloppes.

La table de toilette était un solide meuble en chêne recouvert d'une plaque de marbre épais, avec une cuvette et un porte-savon en émail.

Solennellement, il pressa de tout son poids sur la table de toilette et la poussa de côté. La planche amovible était toujours là, fidèle, le fixant de ses innombrables nœuds.

Peu après, une boîte en fer-blanc fut soulevée dans la faible lumière et reçut la dernière offrande.

Puis tout fut remis en place.

Il enferma ensuite dans le coffre en fer les billets comptabilisés.

Enfin, considérant l'évolution des choses, Niels se

tenait au milieu de la pièce, une pipe allumée aux dents. Tout allait bien. C'était fête.

La seule chose qui l'inquiétait, c'était une carte d'Amérique qu'il s'était procurée et qui avait disparu. Il l'avait toujours sur la table. Et elle n'y était plus !

Il avait cherché partout. Et il avait demandé à Peter, le commis de magasin. Qui prétendait n'avoir rien vu ni entendu.

Niels savait qu'il ne pourrait jamais amener une femme à Reinsnes tant que Stine et la gosse étaient là. Cette triste constatation l'avait poussé à prendre une grave décision. Se procurer une carte d'Amérique. Et maintenant elle avait disparu.

On servait toujours du bouillon à cinq heures la veille de Noël. Accompagné de fines galettes recouvertes de mélasse, que l'on trempait dans le liquide, et le tout arrosé de bière et d'aquavit. Tout le monde essayait d'en avoir terminé avec ses occupations à ce moment-là.

Niels fit de même. Grâce à ce Russe, il trouvait un certain plaisir à manger avec les autres.

Et puis il y avait cette carte d'Amérique. On pouvait peut-être deviner qui l'avait prise en épiant les autres.

La table était mise pour tout le monde dans la salle à manger. Personne ne mangeait à la cuisine la veille de Noël. Une tradition instaurée par Mère Karen.

Mais tout le monde n'était pas toujours à l'aise dans la salle à manger. Certains osaient à peine se parler de peur de sembler impolis, ou de dire une bêtise.

Léo et Anders détendirent l'atmosphère en faisant des pitreries avec les enfants. Ainsi, cela donnait l'occasion de rire. On avait quelque chose en commun.

Les plats se suivaient. La vapeur venant des mets fumants mêlée à la chaleur interne des convives faisait luire les peaux.

Mère Karen était assise devant l'arbre de Noël

allumé. Cela sentait la fête dans toute la maison. Dans les paniers de papier tressé, il y avait des raisins secs, des biscuits au gingembre et du sucre candi. Personne ne devait y toucher avant que Mère Karen n'en donne la permission.

Elle avait présidé au bout de la table, dans son fauteuil, et avait lu l'Evangile après le repas. D'abord en norvégien. Puis en allemand, pour faire plaisir à Monsieur Léo, avait-elle dit.

Mais Benjamin et Hanna ne tenaient plus en place tant ils étaient impatients de recevoir leurs cadeaux et leurs friandises. Pour eux, l'Evangile de Noël ne fut pas seulement doublement long, ils le considérèrent comme une punition imméritée de Notre-Seigneur.

Plus tard, en signe de connivence, ils prirent l'habitude de dire : « Elle va sûrement faire la lecture en allemand aussi ! »

Dina était comme un large fleuve, coulant à travers la pièce. Dans sa robe de velours bleu roi avec un empiècement de damas au corsage. Elle regardait les gens droit dans les yeux, et paraissait presque aimable. Elle joua les psaumes de Noël comme si elle caressait les touches.

Léo dirigeait le chœur, en chemise de lin blanc à larges manches et manchettes de dentelle. Il avait une broche en argent au col, et un gilet noir.

Les deux chandelles à trois branches de l'Epiphanie, toujours posées sur le piano le soir de Noël, étaient allumées. Les plats d'argent, sur lesquels étaient posés les chandeliers, scintillaient. Ils étaient là pour ramasser la cire qui coulait des bougies. Au cours de la soirée, la cire fondue avait durci et formait tout un paysage sous les bougies.

Les chandelles de l'Epiphanie étaient l'œuvre de Stine. Une pour Hanna et une pour Benjamin. Même si Mère Karen insistait sur le fait qu'elles étaient là en l'honneur du Christ.

Etant donné que le cordonnier était venu à la ferme avant Noël, il n'était pas difficile de deviner ce que contenaient les paquets offerts par les maîtres. Bientôt tous les domestiques furent occupés à essayer leurs chaussures.

Léo se leva et chanta en russe une comptine sur tous les souliers qui s'affairaient dans le monde.

Benjamin et Hanna chantèrent aussi. Complètement faux et dans un russe invraisemblable. Mais avec le plus grand sérieux.

Mère Karen, avec son col de dentelle empesé et ses cheveux soigneusement frisés, sentait la fatigue l'envahir. Hjertrud traversa tout à coup la pièce pour aller caresser la joue blanche et ridée de Mère Karen. Et Mère Karen ferma à demi les yeux et s'assoupit légèrement.

Ce soir, Oline se laissait servir. Elle avait une plaie ouverte sur une cheville. Cela avait empiré au cours des préparatifs de Noël.

Stine lui avait appliqué un onguent de miel et d'herbes aromatiques de sa fabrication. Mais il restait sans effet.

Léo avait dit qu'elle devait rester assise et se laisser servir jusqu'à ce que la plaie cicatrise. Depuis, Oline ne lâchait plus Léo du regard. Comme autrefois Jacob.

Stine se sentait lourde de calme. De temps à autre, elle contemplait Niels comme elle l'aurait fait d'un plancher bien nettoyé. Pensivement et avec satisfaction. Ses yeux étaient plus sombres, son visage plus doré que d'habitude. Ses cheveux étaient serrés en une natte tordue en chignon. Mais cela ne suffisait pas à cacher la très jolie nuque de Stine.

Tous les souvenirs de Noël de Johan se rattachaient à Reinsnes, sauf ceux des années d'études. Il était perdu dans ses souvenirs. Ingeborg allumant les bougies et Mère Karen lisant la Bible à haute voix. Le visage animé de Jacob quand il buvait un verre avec les gens avant les fêtes.

Ce soir, il s'était senti trahi comme un enfant quand Mère Karen avait pris Hanna et Benjamin sur ses genoux. Il en avait honte et essayait de se racheter en montrant une grande amabilité, surtout envers les deux enfants.

Il constatait l'emprise définitive que Dina avait maintenant sur Reinsnes. Elle influençait Anders et Niels. Ils étaient des marionnettes sous son regard. La vieille dame était tout ce qui lui restait.

Anders, ce soir-là, n'était qu'un frère souriant. Il était à l'écoute de Mère Karen, de Johan et de Léo. De temps en temps, son regard croisait celui de Dina. Il lui fit même un signe de la tête, comme s'ils partageaient un secret. Il était évident que rien ne pesait sur sa conscience.

Niels faisait de courtes apparitions dans le grand salon. Autrement, il vaquait à de mystérieuses affaires dont personne ne se préoccupait. Il lui arrivait d'offrir des cigares ou de remplir des verres. Mais les mots restaient figés sur ses lèvres. Il regardait les gens dans la pièce avec des yeux de proscrit.

Je suis Dina. Hjertrud est dans le salon du commissaire et pleure ce soir. Elle a accroché des anges et des guirlandes et a lu dans le livre noir. Mais cela ne sert à rien. Les fêtes rendent certains méchants. C'est pourquoi Hjertrud pleure et cache son visage abîmé. Je l'ai prise dans mes bras et je compte des chaussures.

De temps à autre, les yeux de Dina et de Léo se rencontraient. Elle avait perdu sa dureté. Comme si elle avait oublié qu'il était arrivé trop tard. Oublié leur conversation sans conclusion dans la salle, le jour précédent.

Mère Karen se retira. Les enfants s'étaient endormis.

Agités, le front moite, gavés de friandises et de gâteaux — et remplis de joie mêlée de terreur, comme tous ceux de huit et six ans qui avaient avant eux fêté un soir de Noël à Reinsnes. Toutes les histoires des lutins, toutes les mains et tous les genoux. Les voix, la musique, les cadeaux.

Les domestiques, ayant terminé leur journée, étaient allés se coucher. Les filles dans la soupente au-dessus de la cuisine, les garçons dans les communs. Oline montait la garde contre les éventuels soupirants. Elle dormait la porte ouverte sur la cuisine.

Les bruits nocturnes émis par Oline étaient ceux d'un instrument. Le jour où il s'arrêtera, l'horloge principale de la ferme aura disparu.

Niels avait quitté la maison. Personne ne se demandait s'il était allé dans l'annexe, où il avait ses deux pièces, ou dans son bureau. Personne, sauf Stine. Mais elle ne le montrait pas. Elle gardait ses pensées pour elle derrière sa chevelure sombre et lisse, sans ennuyer personne. Elle se déshabilla lentement devant le miroir et étudia son corps à la faible lueur de la bougie.

Mais pas avant d'avoir tiré la tenture devant le lit sur lequel dormaient les enfants.

La soirée n'avait rien apporté de nouveau dans sa vie. A l'exception d'une chose : elle avait commencé à exiger la part d'héritage de son enfant. Lentement, mais sûrement. C'est pourquoi elle avait caché une carte d'Amérique dans le dernier tiroir de sa commode.

Elle avait appris certaines choses rien qu'en regardant Dina : ce qu'on avait à faire, on le faisait. Sans demander de conseil à personne, tant qu'on pouvait se débrouiller seule.

Anders, Johan, Léo et Dina étaient encore dans le fumoir.

Dina était assise, renversée en arrière, et jouait avec les franges de soie qui ornaient les accoudoirs. Elle fumait des havanes doux. Et soufflait, de manière peu féminine mais avec grand talent, des ronds de fumée au-dessus de leurs têtes.

Anders parlait de ses préparatifs pour la pêche aux Lofoten. Il avait pensé envoyer d'abord un caboteur en éclaireur. Si la pêche était bonne, il pourrait alors armer le second. Il pensait trouver assez de monde pour l'équipage. A en croire les prédictions, on s'attendait à une pêche extraordinaire. Léo voulait-il s'y joindre ?

Léo sembla y réfléchir, puis il dit avec lenteur qu'il ne croyait pas être fait pour ça. Du reste il avait à faire à Trondheim.

Dina le mesura du regard. Pouvait-on savoir ce qu'il avait à y faire ?

— Je dois aller chercher un prisonnier et l'accompagner jusqu'à la forteresse de Vardø. On l'a exempté du bagne et il va purger sa peine dans la forteresse.

— Tu veux dire par là qu'tu t'promènes avec des galériens ? demanda Dina.

— Oui, dit-il avec simplicité, avalant une gorgée de punch et les regardant avec malice les uns après les autres.

— Est-ce que c'est une occupation ? demanda Anders incrédule.

— C'est une occupation comme une autre.

— Mais les malheureux dont il s'agit ?

Dina se redressa en frissonnant.

— On a tous nos prisons, dit Léo.

— Il y a quand même une différence, répliqua Anders.

Il essayait de cacher que les occupations du Russe l'avaient bouleversé.

— C'est souvent que tu voyages avec des galériens ? demanda Dina.

— Non, dit-il, sans plus.

— Mais qu'est-ce qui t'a incité à faire un tel travail ? demanda Johan.

Il était resté silencieux jusque-là, bien que profondément choqué.

— Le goût de l'aventure et la paresse ! dit Léo.

— Mais pourquoi ne te lances-tu pas dans un commerce honnête... au lieu d'un commerce de prisonniers ? dit Anders.

— Ce n'est pas du commerce. Le commerce ne m'intéresse pas. Il s'agit de rapports avec des gens dans des conditions difficiles. Les gens m'intéressent. Ils m'apprennent toujours quelque chose sur moi-même.

— Je n'y comprends rien, dit Anders gêné.

— Et qu'est-ce que t'apprends d'un galérien ? insinua Dina.

— Que tes actions ne montrent pas toujours qui tu es !

— On dit dans la Bible que ce sont nos actions qui montrent qui nous sommes. N'est-ce pas, Johan ? dit Dina.

Elle se tenait très droite maintenant.

— C'est vrai, ajouta Johan en toussotant, mais bien sûr, nous ne savons pas tout de la destinée malheureuse des gens.

— Niels, par exemple, il fait des choses contre son gré, parce qu'il se sent étranger dans ce domaine. S'il s'était senti chez lui, il aurait fait tout autrement, dit Léo.

Anders le regardait la bouche ouverte.

Dina se pencha en avant.

— Le Niels est pas plus étranger que moi ! répliqua Anders en jetant un regard rapide sur Dina.

Dina se rallongea sur la chaise longue et dit :

— Parlez-nous un peu de ça, Léo Zjukovskij !

— On m'a raconté comment Niels et Anders sont venus ici. Leur histoire. Qui est parallèle. Cependant il y a quelque chose dans cette maison qui fait de Niels un exclu, au contraire d'Anders.

— Et c'est quoi ? demanda-t-elle aimablement.

— Je crois que c'est l'attitude de Dina, que tous les autres sont obligés de copier.

On pouvait entendre la neige bruire autour des fenêtres. Comme un lent avertissement.

— Et pourquoi j'exclurais le Niels ?

— Je n'en sais rien.

— Faudrait p't-être lui demander, à lui ou à d'autres ?

— J'ai déjà demandé à Niels.

— Et qu'est-ce qu'il dit ?

— Qu'il ne l'a jamais remarqué.

— Et ça montre pas que qué'que chose remue dans la conscience du Niels ? Comme la vermine dans un lit propre.

— C'est bien possible, dit Léo.

Anders se sentait mal à l'aise. Cette conversation lui semblait déplacée.

— Il a engrossé Stine et il a pas voulu reconnaître le gosse ! lança Dina avec mépris.

— Les hommes commettent souvent de telles infamies. Le temps est révolu où les gens allaient en prison pour ça.

— C'est vrai, mais on devrait peut-être punir de prison ceux qui font croire qu'ils veulent se marier, dit Dina.

— Peut-être bien. Mais alors les prisons seraient pleines. Et qu'est-ce qu'on ferait des meurtriers ?

— Les meurtriers ?

— Oui. Ceux qu'on considère comme dangereux. Ceux qu'il faut exclure, qu'on le veuille ou non.

Elle chercha quelque part sur son corps une main à laquelle s'accrocher. Hjertrud n'était pas là ! Lorch ! Il restait dans le noir.

— Il se fait tard, dit-elle avec légèreté en se levant.

Johan tirait sur les revers de sa veste. Il trouvait que la conversation n'était pas digne d'une soirée de Noël.

— Je n'arrive pas à croire que quelqu'un ici à Reinsnes a pu mal se conduire vis-à-vis de Niels. Il a notre confiance — son travail, le vivre et le coucher.

Il faut bien admettre qu'il est un peu bizarre. Mais ce n'est pas la faute de Dina, dit Johan en conclusion.

Il toussota plusieurs fois.

— Je crois qu'il se sent à tel point exclu qu'il envisage de partir en Amérique, dit Léo, en l'air, comme s'il n'avait pas entendu la dernière réplique de Johan.

— En Amérique ? dit Anders, incrédule.

Le visage de Dina était comme un masque.

— Il avait devant lui une carte d'Amérique un de ces derniers jours avant Noël. Je l'ai surpris ainsi et je lui ai demandé s'il pensait partir. A ce que j'ai pu comprendre, l'idée ne lui était pas étrangère, dit Léo.

— Mais il n'en a jamais rien dit ! Et où prendrait-il l'argent ? murmura Anders.

— Il a peut-être des économies, dit Léo.

A cet instant, les yeux de Dina s'éveillèrent. Elle se rassit. Et l'une de ses chaussures qu'elle avait à moitié enfilée se mit de travers sous son pied.

Les chiffres ? Les chiffres se dressaient en colonnes sur les lambris de la pièce. Et s'avançaient dans l'ombre le long de la tapisserie en soie. Ils étaient si évidents !

Dina, le visage ouvert, était à l'affût et écoutait.

— Des économies ? Quelles économies ? demandait Anders. Je gagne plus que lui, puisque j'ai un pourcentage sur le cabotage, et je n'ai rien mis de côté ! Le Niels, il a seulement sa paye...

Il regardait Dina et Johan avec un air d'excuse, au cas où ils trouveraient qu'il abusait de son franc-parler.

— Sa manière de vivre est différente de la tienne, Anders, et ne lui coûte pas grand-chose. Il a pu faire des économies depuis des années ! dit Dina avec dureté.

Puis elle enfila ses chaussures et les laça convenablement, pour éviter de se casser une jambe. Rassembla ses jupes et se remit debout.

Elle se sentait aussi proche de Léo que de la Grande Ourse.

— Il se fait tard, répéta-t-elle, en se dirigeant vers la porte.

— Mon avis est que, si vous avez besoin de Niels à la boutique, il faut alors l'intégrer à la communauté. Ou alors vous allez le perdre, dit Léo lentement et à haute voix dans le dos de Dina.

— Il y a du vrai là-dedans, marmonna Johan. J'ai bien remarqué qu'il y avait quelque chose. Il a écrit de drôles de lettres... pendant que je faisais mes études.

Dina se retourna si brusquement que ses jupes voltigèrent.

— Celui qui sait pas s'conduire et qui prend pas ses responsabilités, il trouvera la paix nulle part, dit-elle, tout à coup essoufflée.

— Mais ce n'est pas aux hommes de juger, répondit Johan.

— Personne ne juge ! insista-t-elle.

— C'est pas tout à fait vrai, murmura Anders. Le Niels sait plus sur quel pied danser. Tout est devenu impossible. Il pouvait quand même pas s'marier avec la Stine — seulement à cause de c'gosse.

— Et pourquoi pas ? siffla-t-elle.

— Mais mon Dieu... insistait Anders.

— C'est vrai qu'il a fait le mal, mais on passe tous par là, à un moment ou à un autre, dit Johan avec calme. Et tout s'est arrangé pour Stine maintenant, ajouta-t-il.

— Rien n'est arrangé pour la Stine ! Elle se morfond ici. Pendant qu'lui s'prépare à aller en Amérique ! Mais j'vais vous dire : ça vaut mieux comme ça ! Pour tout l'monde. L'air sera enfin nettoyé. Et on pourra respirer.

— Mais la boutique ?

Johan n'arrivait pas à trouver d'arguments. Mais il lui fallait dire quelque chose.

— On trouvera bien quelqu'un, tu vas voir, dit Dina, sûre d'elle. Mais il est pas encore parti !

— J'ai entendu dire à la boutique que c'était Madame Dina que Niels voulait, dit Léo.

Il ne lâchait pas, semblait-il. Dina aurait déjà dû être

de l'autre côté de la porte. Mais c'était trop tard. Il lui fallait rester.

— Ah bon alors ! Et Léo Zjukovskij veut sans doute qu'j'me marie avec lui pour qu'il se sente plus mis à l'écart ?

Son petit sourire lui servait de rempart.

— Pardon ! C'était une remarque irréfléchie ! dit Léo en se levant pour s'incliner.

Puis il se précipita pour lui tenir la porte. Il lui souhaita bonne nuit et la referma sur eux.

La bougie dans l'entrée s'était consumée dans le chandelier. Il faisait noir. Les rayons de lune passaient à travers la haute fenêtre et dessinaient les croisillons des carreaux comme une grille sur eux.

Il avait le visage et les épaules pris dans la grille. Ils se déplaçaient dans cette même grille.

Il l'enlaça tout en montant l'escalier. Les marches grinçaient, comme elles l'avaient toujours fait. Leurs hanches se frôlaient. Les paroles qu'il venait de prononcer, et tout le sens qu'elles comportaient, s'étaient envolées. Etaient tout bonnement anéanties.

Il ne restait plus qu'une certaine lourdeur. Profonde, dans son ventre.

— Fais grâce à Niels, murmura-t-il quand ils atteignirent le premier étage.

— C'est pas mon affaire, répondit-elle, irritée qu'il retourne au sujet.

— Cela lui assurera la paix.

— J'ai pas besoin de paix !

— De quoi as-tu besoin, donc ?

Saisissant alors ses hanches de ses deux mains, elle le plaqua contre elle. Puis elle ouvrit sa chemise sur sa poitrine et y glissa ses paumes.

Elle serrait dans sa main la broche qui avait fermé son col, jusqu'à s'en blesser.

Puis elle se dégagea et se glissa dans la salle. Cela se passa si vite. Il faisait si noir. Ce n'était peut-être qu'un rêve. Qu'ils avaient rêvé chacun de leur côté.

16

> Poussez vers l'Eternel des cris de joie, vous tous, habitants de la terre ! Servez l'Eternel avec joie, venez avec allégresse en Sa présence ! Sachez que l'Eternel est Dieu ! C'est Lui qui nous a faits, et nous Lui appartenons.
> (Psaumes, 100, 1-3)

Ils partirent pour l'église le jour de Noël. En barque à cinq rameurs. Johan s'était chargé de faire le sermon au dernier moment, le doyen étant malade.

C'était un grand jour, et Mère Karen, soigneusement emballée, fut transportée comme un paquet précieux.

Elle ne faisait que sourire et saluer à droite et à gauche, débordante de fierté.

Le doyen gardait le lit, mais son épouse était là.

Mère Karen fut installée au premier rang avec elle. Dina et les autres habitants de Reinsnes s'assirent au deuxième rang.

Léo se mit de lui-même au fond de l'église.

Les épais murs de pierre. Les candélabres. Les ombres présentes dans les recoins sombres qu'aucune lumière n'atteignait, ni celle du jour, ni celle des chandelles. Les chants. Les gens paraissaient petits sous l'énorme voûte. Ils se serraient les uns contre les autres pour se tenir chaud.

L'Evangile selon saint Jean : « La lumière étant

venue dans le monde, les hommes ont préféré les ténèbres à la lumière », « Il revint chez les siens, mais les siens ne le reconnurent pas. »

Johan s'était bien préparé les derniers jours. Il avait essayé son sermon sur Mère Karen. Il était très pâle, les yeux suppliants. Mais sa voix était d'airain.

Il parlait de la grâce donnée par la foi. De la révélation et du salut. De l'impuissance du péché devant la lumière. Le Christ et la grâce étaient le plus grand miracle de l'humanité.

Mère Karen opinait du bonnet en souriant. Elle savait chaque mot par cœur. Bien que très vieille, sa tête fonctionnait encore comme une commode. Si elle y rangeait quelque chose, elle le retrouvait toujours quand elle en avait besoin.

Le sermon avait fait son effet et les gens se bousculaient autour de Johan à la sortie de l'église après le service.

— C'était vraiment à vous donner la paix de l'âme, dit l'épouse du doyen en serrant la main de Johan.

La buée sortait de chaque bouche. Elle se rassemblait en un nuage au-dessus de leurs têtes. Le groupe se dirigea lentement vers le presbytère et la collation qui les y attendait.

Dina prit son temps. Elle alla d'abord aux cabinets. Seule.

Le calme revint enfin autour de l'église. Elle suivit le sentier de neige piétinée autour de l'église et atteignit le côté vers la mer. Elle grimpa sur la congère entassée contre le rempart. C'était une église fortifiée. Avec une vue ouverte sur la mer, et des murs épais.

Pendant que Dina contemplait la chaîne de montagnes de l'autre côté du fjord, Hjertrud jeta dessus des millions de coquillages nacrés. Ils brillaient tellement que les bruits venant du presbytère s'évanouirent. Les bateaux arrimés étaient des monstres marins à l'affût.

Personne ne pouvait la voir là où elle était. Avec l'énorme église en pierre entre elle et les autres.

C'est alors qu'il brisa de ses pas l'apparition de Hjertrud.

Ils entrèrent dans l'église vide par la sacristie. Cette entrée n'était pas visible du presbytère. Il faisait assez sombre à l'intérieur maintenant que les cierges étaient éteints.

L'écho de leurs pas était renvoyé par les murs en pierre. Ils traversèrent toute l'église, du chœur jusqu'à la porte. Côte à côte, sans échanger un mot. Montèrent l'escalier jusqu'à l'orgue. Là, il y faisait encore plus noir qu'en bas. L'orgue s'étendait au-dessus d'eux, silencieux et lourd.

— Je crois que nous avons besoin d'une bénédiction, dit-il.

— Oui, mais c'est à nous-mêmes de faire la lumière, répondit-elle la bouche enfouie dans son cou.

Il aurait dû y avoir des tentures en soie et des cierges allumés dans le chœur. Il aurait dû faire un temps d'été avec des branches de bouleau dans des vases le long de l'allée centrale. En tout cas le dur plancher aurait dû être balayé. Mais on n'avait pas le temps de faire des préparatifs.

Ils ne voyaient pas grand-chose l'un de l'autre. Mais le sang battait fortement dans toutes leurs veines. Le temps était compté. Il suffisait cependant pour une consécration.

La cicatrice qu'il portait était son point de repère dans le gros de la tempête. Il n'y avait plus de retour possible.

Léo avait remarqué, avant d'arriver sur le mur d'enceinte, que le sacristain était parti. Les témoins seraient pour une autre fois. Ils n'avaient pas choisi l'endroit. Mais à tout prendre, il n'y avait pas de plus belle cathédrale dans tout le Nordland.

Au presbytère, la réception se déroulait avec dignité. Le commissaire et Johan étaient placés de chaque côté d'un marchand de Bergen qui s'était installé dans la paroisse et avait obtenu une licence d'aubergiste. Ceci à la grande irritation de beaucoup de gens qui voyaient en lui un concurrent.

La conversation portait sur les glaciers. Le bourgeois de Bergen s'étonnait qu'il y ait si peu de glaciers ici dans le Nord, car il y avait de si hautes montagnes. Et une telle évaporation de la mer à toutes les saisons ! Dans le Vestlandet, surtout du côté du Sognefjord, le climat était plus doux et il y avait cependant de grands glaciers.

Le commissaire donnait son avis en expert. La mer ici n'était pas aussi froide qu'on voulait bien le dire. Il y avait des courants chauds.

Johan était de l'avis du commissaire. Il ajouta même qu'il faut monter au-dessus de la limite des forêts dans le Sud pour trouver des mûres jaunes et des bouleaux nains, tandis qu'ici dans le Nord ils poussaient jusqu'au bord de mer. Et les mûres jaunes, on les trouvait dans les îles jusque sur les plages !

Mais personne ne trouvait d'explication satisfaisante à un problème de botanique aussi compliqué.

Mère Karen pensait que Dieu avait sa manière à lui de privilégier les gens. Il s'était rendu compte qu'il était nécessaire de laisser pousser les mûres jaunes et les bouleaux nains jusque sur la côte dans le Nord. Et Il avait voulu épargner aux gens du Nord la présence de ces terribles glaciers, parce qu'ils avaient déjà assez de problèmes comme ça. Avec tout ce froid. Toutes ces tempêtes d'automne et ces mauvaises pêches ! Et les déplacements incompréhensibles des bancs de poissons. En fin de compte, Dieu montrait une grande sagesse !

Madame la doyenne approuvait avec un mouvement de tête plein d'amabilité. Les habitants des alentours, à l'esprit moins éclairé, opinaient également du bonnet — après que l'épouse du doyen avait donné un signe d'assentiment. C'était dans l'ordre des choses.

Mais Johan ne voulait pas se mêler de l'interprétation théologique que Mère Karen donnait à l'existence et l'emplacement des glaciers. Il se contenta de la regarder avec tendresse, tout en se taisant.

Le marchand, sans courtoisie, ne prêta aucune attention à la vieille dame. Il déclara que c'était quand même curieux que l'on ne trouve pas de glaciers sur toutes les hautes montagnes. Cela semblait tenir du hasard et ne suivait aucune loi.

Dina entra sans bruit dans la pièce et une servante en tablier blanc de voile léger lui servit du café et des crêpes. Elle s'assit sur une chaise à haut dossier près de la porte, déclinant l'invitation à venir rejoindre les autres à la table.

Le commissaire pensait que la théorie de l'humidité de l'air était à rejeter. Pour autant qu'il en savait, le glacier de Jostedal était justement dans une des régions les plus sèches du Sogn, tandis qu'on ne trouvait pour ainsi dire aucun glacier dans les montagnes du Romsdal et du Nordland, qui étaient en bord de mer !

C'est à peu près à ce moment-là que la chose se passa. Une inquiétude générale. Qui n'avait rien à voir avec les glaciers de Norvège. Il était difficile de savoir d'où cela était parti. Mais en quelques instants une vague odeur se répandit dans la pièce. Une certaine vapeur liée à la terre. Cela perturbait les gens.

Léo arriva quelques minutes après, et dit son admiration pour la magnifique église. Cela ne contribua pas à étouffer cette odeur salée de mer et de terre. Que l'église avait enregistrée depuis un moment déjà.

Cela rappelait quelque chose que l'on avait ressenti une fois ou deux. Dans un passé lointain ? Dans sa prime jeunesse ? Quelque chose qui depuis longtemps était resté en friche au plus profond de l'âme ?

Cependant, certaines narines vibraient à l'approche du grand Russe. Ou quand les cheveux et les mains de Dina les frôlaient. Les messieurs perdaient alors le fil de la conversation. Ils se penchaient sur leur tasse de café.

Le commissaire demanda distraitement comment allait le doyen. Le pauvre, couché au premier avec sa toux. Madame la doyenne hochait la tête, désemparée. Le commissaire lui avait déjà posé la question, et elle avait répondu qu'il était toujours couché avec sa toux et de la fièvre. Et qu'il était peu raisonnable de monter le voir. Mais qu'il les saluait.

Cette fois elle répondit brièvement : « Merci, très bien » en chassant un minuscule grain de poussière sur la manche de sa robe.

On passait et on repassait les plats de gâteaux. On versait le café. Une sorte de satisfaction ensommeillée planait sur toute la compagnie. Et les narines vibraient entre chaque bouchée.

Même si les gens avaient assez d'imagination pour comprendre de quelle odeur il s'agissait, ils n'étaient pas assez téméraires pour trouver d'où elle provenait. Tout simplement parce que c'était impensable pour ces braves gens.

Mais elle était là. Aiguisait l'appétit. Interrompait de manière inattendue les conversations, de telle sorte que les mots restaient en suspens un instant et les regards se faisaient vaguement béats. Elle s'étendait comme un baume excitant sur les paroissiens, se dissipant vers la fin de la réception. Pour rejaillir dans un autre souvenir beaucoup plus tard. On se demandait avec étonnement ce qui avait bien pu rendre l'atmosphère aussi agréable au presbytère le jour de Noël.

Madame la doyenne avait aussi ressenti quelque chose. Elle se mit à renifler l'air dans la pièce après le départ des paroissiens.

Cela avait été, grâce à Dieu, une bonne réunion !

Elle monta voir son mari malade et lui prodigua tous ses soins et sa consolation.

Dina était assise dans le bateau, s'abandonnant librement au vent.

Léo ! Sa peau l'avait marquée à travers tous ses vêtements, comme un fer rouge. Son corps était une baguette de coudrier tendue au-dessus d'une source cachée dans la roche.

Elle arrangea la couverture autour d'elle et s'adressa à Johan et à Mère Karen. Elle remercia Johan de son sermon. Et elle loua Mère Karen d'être allée à l'église bien que souffrante ces derniers temps.

Ses yeux gris plomb étaient deux trous brillants dans l'air. Léo rencontra son regard. C'était plonger dans l'infini d'horizons bleuâtres.

Dina était installée entre un Johan attentif et Léo qui protégeait son dos des embruns.

17

> Il m'a fait entrer dans la maison du vin ; et la bannière qu'Il déploie sur moi, c'est l'amour.
> (Cantique des Cantiques, 2, 4)

Il était impossible de cacher qu'il se passait quelque chose. Comme il est impossible de cacher les saisons à ceux qui ont l'habitude de la nature.

Johan fut le premier à saisir quelque chose dans le regard de Léo et de Dina. Il se rappelait l'intérêt de Dina pour les déplacements de Léo après son départ de Reinsnes.

Pendant qu'il faisait ses études, le souvenir de l'épouse de son père avait écorché ses pensées. Comme un insecte incongru sur une page de la Bible. Elle était comme les boîtes de gâteaux d'Oline pendant son enfance. Haut placées sur une étagère, et interdites. Un nid pour les pensées inavouables.

Il rêvait d'elle, éveillé comme endormi. Nue et luisante au clair de lune, des gouttes d'eau coulant lentement le long de son corps. Debout jusqu'aux hanches dans l'eau, avec la chair de poule et les bouts des seins hérissés. Telle qu'il l'avait vue la nuit où il s'était baigné avec elle avant de partir.

A son retour, il avait neuf ans de plus. Et se croyait à l'abri. Cependant quelque chose le faisait souffrir et l'excitait chaque fois qu'il la regardait. Mais Dina appartenait à son père devant Dieu et devant les hommes. Même si Jacob était mort et enterré. Elle avait mis au monde son demi-frère et gérait leurs biens communs en quelque sorte comme une mère.

Les regards échangés entre Léo et Dina inquiétaient Mère Karen. Mais cela l'émouvait aussi. Et elle régla ses comptes avec la mémoire de son fils. Et admit qu'elle souhaitait pour Dina un mari vivant.

D'autre part, elle doutait que ce Russe ait quelque fortune. Et elle ne pensait pas non plus qu'il était fait pour diriger un commerce et une auberge.

Mais en y réfléchissant bien, Jacob lui-même n'était qu'un marin à son arrivée à Reinsnes... Enfin, elle se réjouissait déjà à l'idée qu'elle allait pouvoir discuter d'art et de littérature avec quelqu'un dans la maison. Quelqu'un qui parlait allemand et français et qui avait voyagé jusqu'à la Méditerranée — à ce qu'il paraissait.

Niels fut pris au dépourvu et resta stupéfait quand il s'aperçut de cette attirance manifeste. Pour une raison ou pour une autre, qu'il ne se donna pas la peine d'analyser, il en fut inquiet. Comme si l'amour en lui-même représentait une menace personnelle.

Anders contemplait tout cela avec étonnement. Mais il avait des difficultés à les prendre au sérieux.

Stine restait dans l'expectative, et gardait le silence sur ce qu'elle savait, ou pensait. Pour elle, la bonne humeur de Dina et son agitation fébrile n'avaient rien d'inquiétant.

Oline, par contre, se mit à vanter la supériorité de feu Jacob un jour où Léo était à la cuisine. Il écouta poliment avec intérêt. Approuva et demanda des détails sur ce héros qui avait été le maître de Reinsnes.

Oline décrivait les qualités de Jacob. Son beau visage, son endurance à danser une nuit entière, sa sollicitude pour les domestiques et les pauvres. Et surtout ses cheveux bouclés et sa jeunesse de caractère.

Sans le savoir, Oline s'était laissé séduire par Léo, qui savait écouter. Elle put enfin donner libre cours à trente ans de passion. Elle finit par pleurer son chagrin et sa nostalgie sur l'épaule de Léo, et devint sa fervente adepte.

Tomas revint trois jours après Noël et trouva Léo à la cuisine en train de chanter de tristes complaintes russes pour égayer Oline en larmes. Il se sentit comme un étranger.

Il commença immédiatement à se faire souffrir en épiant. En écoutant le rire roucoulant de Dina le soir, quand on ouvrait les portes entre la cuisine et le salon. Et il cherchait des traces dans la neige devant le pavillon, car on attendait la nouvelle lune. Et il en eut une preuve déchirante. Deux grandes taches de glace fondue sur le banc. Si près l'une de l'autre qu'elles ne faisaient qu'une. Deux silhouettes habillées de pelisses... De pelisses qui s'ouvraient devant.

Alors elle y avait amené ce Russe ! Là où elle sacrifiait à ses rites au clair de lune !

Il se glissait aussi devant la façade, à bonne distance, pour voir combien d'ombres on apercevait à travers les rideaux de la salle. Mais les lourds rideaux de velours gardaient bien leur secret. N'arrivant pas à déceler des ombres, il se faisait souffrir en pensant au manque de lumière.

Il imaginait le corps blanc de Dina dans les bras de l'autre devant le grand poêle, à la lueur du candélabre sur la console. Et la vision du lit à baldaquin le poursuivait jour et nuit, à tel point qu'il toucha à peine aux repas de fête opulents et bien préparés.

Tomas se mit à éviter la cuisine, sauf pour les repas, sachant alors le Russe dans la salle à manger.

Il y eut finalement deux ombres dans la salle. Elle alla le chercher une nuit, juste avant le Nouvel An. Risquant ainsi de se trahir aux yeux de toute la maisonnée. Ceux de Johan. Ceux de Mère Karen ! Le rut était le plus fort. Chez d'autres, il était peut-être plus discret et moins ostensible, mais chez elle, c'était comme une gueule rouge aux dents pointues et aiguisées dégageant une forte odeur. Avec une rage d'appétit inassouvi.

Ainsi elle se leva et se rhabilla. Passa un peigne dans ses cheveux et se glissa sur le palier sombre qui était sans fenêtre. Bâillonnant Jacob derrière l'armoire à linge, elle se dirigea vers la bonne porte. Pressa avec précaution le loquet grinçant et se faufila à l'intérieur.

Il l'attendait comme une sentinelle. Bien que sans bottes et le torse nu, seulement en pantalons. Comme s'il avait monté la garde en lisant, l'oreille attentive au moindre signal.

La chambre d'amis n'était pas faite pour deux. Les cloisons trop minces risquaient de révéler leur présence à Johan et à Anders. La salle, au contraire, était flanquée de pièces vides de chaque côté. De deux doigts elle éteignit la bougie. Très rapidement et sans se mouiller les doigts auparavant.

— Viens ! murmura-t-elle.

Comme si tout était prévu, l'homme la suivit.

Quand ils furent entrés dans la salle, elle tourna la clé dans la serrure avec un soupir et poussa l'homme vers le lit. Il voulut dire quelque chose, mais elle lui imposa le silence en formant un chut silencieux contre sa bouche.

Le rire scintillait dans les yeux verts. D'un sérieux souriant comme un Bouddha en prière.

Il ferma les yeux une ou deux fois en découvrant sa gorge. Elle était si près, si près. Mais ce n'est pas lui qui la toucha le premier.

Le vieux lit à baldaquin de Jacob n'était pas bâti pour une telle épreuve, il leur fallait donc aller sur le plancher. Mais ils avaient des édredons de duvet recouverts du meilleur damas, et des draps.

Il se servit en jouant, mais avec avidité. Entra en elle en riant. Sans bruit et plein de convoitise. Comme une vieille montagne qui étouffe son écho pour ne pas effrayer le soleil. Ou comme des nuages glissants, qui ne veulent pas effrayer la rosée sur les branches d'airelles et les oisillons dans la faille du rocher.

Elle était un fleuve qui portait un chaland à la lourde coque. Dont l'étrave était faite pour forcer les courants et les pierres. Ses berges étaient avides et omnivores et s'agrippaient à ses flancs.

Juste avant que la dernière chute d'eau ne l'engloutisse, le fond se déchira et l'emporta avec lui.

Les bancs de sable n'étaient que murmure. Mais l'eau déferlait et grondait et elle était insatiable. Alors il remonta le bateau. La quille en l'air et sans rames, mais avec force et volonté. Un grand animal sauta de la rive et le mordit profondément, à mort.

Puis il sombra dans la chute d'eau.

Le lit à baldaquin se tenait tranquillement au milieu de la pièce, comme s'il s'était résigné à la faiblesse de son âge.

Il n'avait jamais rien vu de pareil. Il semblait prêter tout son poids à cet instant. Les quatre colonnes et le chevet s'employaient en silence, et avec une sollicitude inattendue, à atténuer le chant qui montait dans la pièce.

Mais ce que le lit n'arriva pas à faire, ce fut de tenir Jacob à distance. Il se faufila entre eux comme un enfant solitaire. Il ne servait à rien de le chasser.

Et Jacob resta là jusqu'à l'appel des animaux à l'étable, quand le matin monta comme un mur hivernal derrière le Ravin Bleu.

Ce furent des jours et des nuits de froid. Le ciel retournait ses tripes. Une aurore boréale vert acide, avec des villosités rouges et bleues sur les bords. Dans un mouvement de vague contre le ciel noir.

Le *Prinds Gustav* fut un monstre indésirable quand il revint.

Dina reprit ses visites à l'entrepôt.

Imprimé en France sur Presse Offset par

BRODARD & TAUPIN

GROUPE CPI

La Flèche (Sarthe), 5445

N° d'édition : 3207

Dépôt légal : janvier 2001